THE COLLECTED
SHORT
STORIES OF
MAUPASSANT

莫泊桑短篇小说集

[法] 莫泊桑 著

柳鸣九 译

北方文艺出版社

漢泉小說史素白莫

目录
CONTENTS

项链 / 001
羊脂球 / 012
绳子 / 058
我的叔叔于勒 / 067
一家人 / 078
在旅途上 / 108
西蒙的爸爸 / 116
瓦尔特·施那夫斯奇遇记 / 127
烧伞记 / 137
莫兰这头公猪 / 148
修软椅的女人 / 162
小狗皮埃罗 / 171
两个朋友 / 178
爱情 / 186
港口 / 192
骑马 / 203
勋章到手了 / 212

项链

有些女子,天生丽质,妩媚娇柔,偏偏由于命运的阴差阳错,竟降生在清寒的工薪家庭,她便是此中的一人。她本无嫁妆可倚,又没有另获遗产的希望,根本就不可能去结识一个有钱有地位的男人,得到他的善解与倾心,结为连理。这样,她就只好任人把自己嫁给了教育部的一个小职员。

她没钱打扮,只好衣着朴素,但她心里很不是滋味,如同贵族沦落成了平民。因为女人本来就没有什么等级品位、家庭世系,她们的美貌、她们的风韵、她们的魅力,就是她们的出身、她们的门第。她们之间的高低优劣,仅在于是否天资聪敏、风姿优雅、头脑灵活,如果有的话,那么平民百姓的女子亦可与显赫的贵妇平起平坐。

她深感自己天生丽质,本当身披绮罗,头佩珠玉,如今熬在清贫的日子里,不胜苦涩。她的家里陈设简陋,四壁萧索,桌椅板凳破破旧旧,衣衫穿着皱皱巴巴,这么活着,她很不好受。要是换成另外一个与她同阶层的妇女,对所有这一切肯定是不会在意的,而她却觉得苦不堪言,满肚子的闷气。一见来她家帮助干粗活的那个瘦小的布列塔尼女人,她经常不免既深感缺憾又想入非非。她幻想自家的接待室四壁挂着东方的帷幔,被青铜做的大烛台照得通亮,宁静优雅;幻想两个高大的穿着短裤长袜的仆人被暖气熏得昏昏沉沉，正靠在大安乐椅上打瞌睡。她还幻想自家有几个挂着丝绒帘幔的客厅，里面的家具雅致美观，摆设奇巧珍贵；幻想有几个香气醉人、情调旖旎的内客厅，那是专为午后五点钟与密友娓娓细语的处所，这些密友当然都是女人们心仪仰慕、渴望获其青睐的名流。

每当吃饭的时候，她坐在三天未换桌布的圆桌前，丈夫在她对面，打开汤盆盖，兴高采烈地说："啊，这么好吃的炖肉！我真不知道还有什么比这更好吃的了！"这时，她就想入非非，她想到精制味美的宴席，闪闪发亮的银餐具与挂在墙上的壁毯，那上面织着古代人物与仙境山林中的珍奇禽鸟；她想到一道道盛在贵重餐盘里的美味佳肴，想到自己一边品尝鲜嫩透红的鲈鱼或松鸡翅膀，一边面带微妙笑容倾听着男友喁喁情话的情境。

她没有漂亮衣裳，没有珠宝首饰，总之，什么都没有，但她，偏偏就爱这些东西。她觉得自己生来就应该享用它们，她最渴望的事，就是得到别人的喜爱，被人艳羡，风流标致，到处有人追求。

她有一位有钱的女友，是她在修道院读书时的同学。现在，她不愿意再去看望这位朋友。因为，每次回来她都感到内心不平衡，接连的几天，她都要伤心、懊悔、绝望、痛苦得整日哭泣。

可是，有一天傍晚，丈夫回到家里，神采飞扬，手里拿着一个大信封，说：

"你瞧！专给你的东西。"

她急忙打开信封，从中取出一份请柬，上面印着：

兹定于一月十八日（星期一），在本部大楼举行晚会，敬请届时光临。

此致

卢瓦瑟尔先生偕夫人

　　　　教育部部长乔治·朗波诺

　　　　　　暨夫人谨定

　　她并没有像丈夫所期望的那样兴高采烈,反而赌气把请柬往桌上一扔,低声抱怨说:

　　"你要我拿这去干什么?"

　　"可是,我亲爱的,我本以为你会高兴的。你从不出门做客,这次是一个机会,一个特别好的机会。我费了九牛二虎之力才弄到这张请柬。大家都想要,太不容易弄到手啦,发给本部雇员的为数很少。在这次晚会上,你可以见到所有那些官方人士。"

　　她用愤怒的眼睛瞪着丈夫,很不耐烦地嚷了起来:

　　"你要我穿什么衣服去丢人现眼?"

　　丈夫可没有想到这个问题,他吞吞吐吐地说:

　　"你穿着上剧院的那身衣服,我觉得就挺不错的……"

　　他见妻子哭了起来,就不再说下去了,惊愕,不知所措。两行眼泪从妻子的眼里夺眶而出,缓缓流向嘴边。他结结巴巴地说:

　　"你怎么啦?你怎么啦?"

　　她使了很大的劲把痛苦压了下去,又把双颊擦干,用平静的语气说:

　　"什么事也没有。只不过我没有像样的行头,我不能去参加这样的晚会。有哪位同事的太太穿得比我好,你就把请柬让给他们吧。"

　　他显得很尴尬,改口说:

　　"来,玛蒂尔德,我们来商量一下,一件像样的衣服,既可以穿着参加这次晚会,又可以在其他场合穿,大概需要多少钱,买一件这样的衣服，不是很简单吗？"

她考虑了一会儿，心里盘算了一下，心想该提出怎样一笔钱数，才不至于把这个节俭的小科员吓得当场拒绝。

她终于吞吞吐吐地回答说：

"我也不知道准数要多少，不过，我觉得四百法郎大概能把事情办妥。"

他脸色有点发白，因为最近他正好攒了这个数目的一笔钱，本来准备去买一支枪，夏天跟几个朋友到南泰尔平原打猎取乐，那些朋友都是行猎老手，星期天总要到平原上去打打云雀。

不过，他还是答应了：

"好吧。我给你四百法郎，但你得买一身漂漂亮亮的衣服。"

举行晚会的那一天快到了。卢瓦瑟尔太太显得闷闷不乐，心事重重，烦躁不安。她那身漂亮的衣服可是已经准备好了。一天晚上，她丈夫问道：

"你怎么啦？你瞧，这两三天来，你脾气这么古怪。"

她回答说：

"我既无首饰，又无珠宝，没有什么东西可以佩戴，想起这我就心烦。在晚会上，我一定会显得很寒碜，我还是不去为好。"

丈夫说：

"你可以佩戴几朵鲜花呀。在这个季节，这么打扮很雅致。只要花十个法郎，你就可以买到两三朵特别漂亮的玫瑰。"

她丝毫没有被说服：

"不行……在那些有钱的女人面前显出一副穷酸相，是最丢人的一件事。"

她丈夫忽然叫了起来：

"你脑子太不灵活了！你去找你那位朋友福雷斯杰太太，向她借几样首饰,不就齐了?你跟她的交情不错,这事不难办到。"

她快活得直嚷道:

"这倒是真的,我怎么没有想到!"

第二天她跑到她朋友的家里,诉说她的苦恼。

福雷斯杰太太马上走到带镜子的大衣柜前,取出一只大首饰盒,拿过来把它打开,对卢瓦瑟尔太太说:

"我亲爱的,你自己挑吧!"

她最先看见的是几只手镯,再就是一串珍珠项链,接着是一个威尼斯制的金十字架,镶着珠宝,做工极为精巧。她佩戴着这些首饰,在镜子面前左顾右盼,犹疑不决,舍不得把它们摘下来。她一问再问:

"你还有没有别的首饰?"

"有啊!你自己找吧,我不知道你喜欢什么。"

突然,她在一个黑绒盒子里,发现了一长串特别美的钻石项链,一种极为强烈的欲望使得她的心狂跳起来。拿着这串项链,她的手直打哆嗦。她把它戴在脖子上,压着连衣裙的领口,在镜子面前照得出神。

她心里急不可待,嘴上却吞吞吐吐:

"你能把这个借给我吗?我只借这一件。"

"当然可以啦!"

她蹦了起来,一把搂着女友的脖子,激动地吻了一下,然后,带着这件宝物飞快地回家了。

晚会的日子到了。卢瓦瑟尔太太大出风头。她是晚会上最漂亮的女人,言谈得体,姿态优雅,满面春风,快活到了极点。所有的男人都注视她,打听她的姓名,求人引见。部长办公厅的官员都想与她共舞。部长也特别注意她。

她带着醉意与狂热,翩翩起舞。她什么也不想,完全陶醉在她美貌所取得的辉煌胜利之中,陶醉在她成功的荣光之中。周围的人对她殷勤致意,啧啧赞美,热烈追求,女人们心中所羡慕的那种彻底而甜美的胜利,她已全握在手中。正是在这样一种幸福的氛围里,她简直要飘飘欲仙了。

第二天,早晨四点钟,她才离开。她的丈夫从昨晚十二点起,就在一个清静的小客厅里睡着了,同时在那里呼呼大睡的还有三位先生,他们的妻子也都在舞厅里尽情狂欢。

丈夫怕她出门着凉,把带来的一件衣服披在她的肩上,那是她家常穿的,它的寒酸气与漂亮的舞袍很不协调。她感觉到了这一点,急忙闪开,以免引起那些裹在豪华皮衣里的阔太太们的注意。

卢瓦瑟尔把她拉住不让走:

"你等一等吧,到外面你会着凉的,我去叫一辆马车。"

但她根本不听丈夫的,飞快地奔下了台阶。他们到了街上,那里却没有马车,于是他们开始寻找,一看见有车在远处驶过,就跟在后面大声喊叫,但没有一辆车停下来。

他们沿塞纳河走下去,垂头丧气,浑身哆嗦,终于在河边找到了一辆做夜间生意的旧马车。这种马车白天从不在巴黎街头露面,似乎羞于让人在光天化日之下看见它的寒酸相。

马车一直把他们送到殉道者街,他们的家门口。夫妻两人闷闷不乐地爬上台阶回到家里。对于妻子来说,一切都结束了,而丈夫则在想,上午十时,他得到部里去上班。

她脱掉披在肩上的衣服,在镜子面前,再一次端详自己的辉煌。突然,她惊叫了一声,她脖子上的钻石项链不见了!

她的丈夫这时衣服脱了一半,问道:

"你怎么啦?"

她转身向着他,失魂落魄地说:

"我……我……我把福雷斯杰太太的项链弄丢了。"

丈夫霍的一下站起来,他大惊失色:

"什么!……怎么搞的!这不可能!"

他们急忙在衣袍的褶层里、大氅的褶层里以及衣袋里到处搜寻了一遍,哪儿都找不到。

丈夫问她:

"你能肯定离开舞会的时候,项链还在?"

"是的,我在部里的前厅还摸过它呢。"

"不过,如果是在街上丢失的,我们该听得见响声。肯定丢在马车里了。"

"对,这很可能。你记住车号没有?"

"没有。你呢?你也没有注意车号?"

"没有。"

他们吓呆了,面对面地互相盯着。最后,卢瓦瑟尔又穿上了衣服,说:

"我去把我们刚才步行的那一段路再走一遍,看是不是能够找到。"

于是,他走了。而她,仍穿着参加晚会的那身舞袍,连上床去睡的力气也没有了,她颓唐地倒在椅子上,万念俱灰,脑子一片空白。

丈夫回来的时候,已将近七点钟,他空手而归。

他随即到警察局与各家报馆去,挂失悬赏,又到出租小马车的各个车行去找了一遍,总之,凡是有一线希望的地方,他都去过了。

妻子整天在家等消息，在这么一个飞来的横祸面前，她一直陷于惊慌之中，束手无策。

卢瓦瑟尔晚上才回来，两颊深陷，面色发青，他又一无所获，说：

"现在我们只好写一封信给你的朋友，告诉她你把项链的链条弄断了，你正在找人修理，这样我们就有时间好回旋应付。"

由丈夫口授，她把信写好了。

一个星期过去了，他们一筹莫展，什么希望都没有了。

卢瓦瑟尔一下见老了五岁。他宣布自己的决定：

"我们只能设法买一串赔给人家。"

第二天，他们拿着装项链的盒子，按照盒子里层标明的字号，去了那家珠宝店。老板查了查账本，回答说：

"太太，这串项链不是本店出售的，只有盒子是在我这里配的。"

于是，他们又一家家地跑那些珠宝店，凭记忆寻找跟丢失的那条项链相像的一条。两夫妻连愁带急，眼见就要病倒了。

他们在王宫街的一家店里找到了一条钻石项链，它看起来很像他们所丢失的那一条，原价四万法郎，如果他们要买的话，可以让价到三万六千法郎。

他们要求珠宝商在三天之内不要出售给他人，并且双方谈妥，如果他们在二月底以前找到了丢失的那条项链，那么这一条就以三万四千法郎的折价由店主收回。

卢瓦瑟尔手头已有一万八千法郎，那是他父亲遗留给他的，其余的钱，他们只好去借了。

他们马上动手借钱，向这人借一千，向那人借五百，从这里借五个金路易，从那里借三个。他打了不少借条，承诺了一些可能导致自己破产的条件。他与高利贷者以及各种放债图利的人打交道，把自己后半辈子的生活都搭进去了，冒险签了一些借约，也顾不得将来能否偿还，是否会身败名裂。与此同时，他又充满了恐惧，既对自家的前途忧心忡忡，又害怕即将压在自己身上的极端贫困，害怕物质匮缺、精神痛苦的未来。终于，他把三万六千法郎都凑齐了，交到珠宝商的柜台上，取来了那串新项链。

当卢瓦瑟尔太太还项链给福雷斯杰太太的时候，这位女友很不高兴地说：

"你应该早些日子还给我，因为，我自己需要用。"

她并没有打开项链盒来，这倒叫卢瓦瑟尔太太放了心。如果对方看出来已经换了一条，那她会怎么想，会怎么说，岂不把自己当窃贼吗？

卢瓦瑟尔太太一下子就尝到了穷人的那种可怕的生活，好在她事先就已经英勇地下定了决心。他们必须还清这一大笔可怕的债务，为此，她得付出代价。他们辞退了女佣人，搬了家，租了一间屋顶下的阁楼栖身。

家里所有的粗活，厨房里所有的油污活，她都体验到了。她得洗碗碟锅盆，玫瑰色的手指在油腻的碗碟上、在锅盆底上受磨损。她得用肥皂搓洗脏内衣内裤、衬衫以及餐巾抹布，然后把它们晾在一根绳子上。每天早晨，她得把垃圾运下楼，把水提上楼，每上一层楼都不得不停下来喘气。她穿得和平民百姓的家庭妇女一样，她要手挎着篮子，跑水果店、杂货铺、肉铺，她要一个子一个子地捍卫自己那可怜的钱包，讨价还价，锱铢必争，常常不免遭人辱骂。

他们每个月都得偿还几笔债，有一些借约则要续订，以求延期。

丈夫每天傍晚都去替一个商人清理账目，夜里，经常替人抄抄写写，每抄一页挣五个子。

这样的生活，他们过了十年。

十年过去了，他们还清了全部债务，的确是全部，包括高利贷的利息，还包括利滚利的利息。

卢瓦瑟尔太太现在显然是见老了。她变成了一个穷人家的妇女，强悍、泼辣而又粗野。头发不整齐，裙子歪系着，两手通红，说话粗声粗气，大盆大盆地倒水洗地板。但是，有几次，当丈夫去部里上班的时候，她自己坐在窗前，总不免回想起，在从前的那次舞会上，她是多么漂亮，多么令人倾倒。

要是她没有丢失那串项链，她的命运会是什么样？谁知道呢？谁知道呢？生活真古怪多变！只需小小一点东西，就足以使你断送一切或者使你绝处逢生。

一个星期天，她上香榭丽舍大街溜达，好消除一个星期来的疲劳。突然，她看见一位太太带着小孩在散步。原来是福雷斯杰太太，她还是那么年轻，那么漂亮，那么迷人。

卢瓦瑟尔太太感到很激动。要不要上去跟她搭话？是的，当然要去。现在，她既然还清了全部债务，就可以把一切都告诉她。为什么不告诉呢？

她走了过去：

"让娜，您好！"

对方一点也没有认出她来，这么一个平民女子竟如此亲热地跟自己打招呼，她不禁大为诧异。她结结巴巴地回答：

"不过……太太……我不知道……您大概是认错人了。"

"没有认错，我是玛蒂尔德·卢瓦瑟尔呀！"

她昔日的女友喊了起来：

"哟……我可怜的玛蒂尔德，你的变化太大了……"

"是的,我过了好些苦日子,自从上次我跟你见面以后,我不知道有过多少艰难困苦……而这,都是因为你……"

"因为我……那是怎么回事?"

"你还记得我向你借了那串项链去参加部里的晚会吧。"

"是的,那又怎么样?"

"怎么样!我把它弄丢了。"

"怎么可能!你不是已经还给我了吗?"

"我还给你的,是和原来那串最相像的另一串。这十年,我一直在为这串项链欠债还债。你知道,这对我们可真不容易,我们本来什么家底都没有……现在,终于把债全还清了,我简直太高兴了。"

福雷斯杰太太听到这里,停下脚步,问:

"你是说,你花钱买了一串钻石项链来赔我的那一串吗?"

"正是,你一直没有发觉,是吧?两串项链简直是一模一样。"

说着,她感到一种既骄傲又天真的欢快,面上露出了笑容。

福雷斯杰太太非常激动,她一把握住朋友的双手,说:

"哎呀,我可怜的玛蒂尔德,但我的那一串是假钻石呀,它顶多值五百法郎……"

羊脂球

　　一连数日，败军残部乱哄哄地从城里穿过。这哪里还像军队，简直就是一群凌乱不堪的散兵游勇。一个个胡子拉碴，脏乎乎的，军服破破烂烂，既无军旗，又无番号，拖着沉重的步子往前走。他们都显得垂头丧气，精疲力竭，而且脑子也麻木了，不能思考，没有主意，仅凭简单的惯性，机械地移动脚步，只要一停下来，就会因为太累而倒在地上。看起来，这些被征入伍的，大多数本来都是生性平和、与世无争、安分度日的年金领取者，而今一个个被枪支压得腰弯背驼；另外还有一些年轻力壮的国民别动队队员，他们容易慷慨激昂，也容易惊慌失措，他们随时准备冲锋陷阵，也随时准备仓皇逃命。行列中还零星夹杂着穿红色军裤的士兵，他们是不久前在一次大战役中被击垮的某师团的残余，也有一些穿深色军装的炮兵，同形形色色的步兵并列往前走，偶尔，还有个把头戴闪亮军盔的龙骑兵，拖着沉重的步子，跟着负荷较轻、走路较为轻快的步兵，显得格外吃力。

　　随后，一批批游击队员也穿城而过，每队都有一个英勇神武的称号，诸如"报仇雪耻军""公民掘墓团""英烈敢死队"，等等，但他们的神情却像是土匪。

　　这些游击队的长官，过去都是布商、粮商、油脂商、肥皂商之类的生意人，时势造英雄，他们凭着有钱或蓄了长长的唇髭，就被任命为军官。且看他们全身披着法兰绒军装,佩戴军衔,说起话来声音洪亮,经常看见他们在讨论作战方案,出言不凡,自称法兰西的胜败存亡全系于他们的肩上。但他们对自己手下的士兵却心存畏惧,这些兵痞本来就是偷鸡摸狗之徒,狠起来命都可豁出去,但抢掠奸淫,无所不为。

有传闻说,普鲁士军队很快就要占领鲁昂城了。

两个月以来,本地的国民自卫军一直在城郊附近的树林里,小心翼翼地侦察敌人的动静,有时还神经过敏地误击自己的哨兵,有时荆棘丛里有一只小兔稍动一下,他们就准备浴血奋战。可是,普军即将攻占的消息一传来,他们就纷纷逃回家了。他们的军服、枪械、装备,所有这些威风凛凛、杀气腾腾的行头,原来还用来吓唬方圆三法里①之内的路碑,现在都不翼而飞,丢失不见了。

最后一批法国正规军总算渡过了塞纳河,准备从圣塞威尔与阿夏尔镇方向退守奥德梅桥。殿后的是一位将军,他由两名副将陪伴左右,也是徒步行走。他神情沮丧,率领着这支残兵,实在无力回天,一个善于征战、攻无不克的民族,竟然惨遭大败,全线崩溃,他本人陷身其中,岂能不沮丧懊恼。

法军撤退后,城中便陷入一片沉寂,在静悄悄而又惶惶不安的气氛中,人们在等着将要降临的事。许多大腹便便的生意人,早已在商场上磨尽了男子汉的气概,正惴惴不安地等候占领者的来到,但一想到普鲁士人也许会把店里的烤肉铁扦与切菜刀误认为是武器,他们便胆战心惊了。

生活似乎停顿了。商店都关门停业,街上寂无人声。偶尔,有个把居民上街,也被这种沉寂吓了一跳,旋即沿墙根匆匆离去。

等待所引起的焦虑不安,反而使人盼望敌军早日进驻。

---

① 法国以前的长度单位。三法里约等于十二公里。

就在法军撤离后的第二天下午，不知从何处冒出来几个普鲁士轻骑兵，飞快地穿城而过。没过多久，从圣卡特琳山坡上来了黑压压的一大片人马，与此同时，从通往达尔内塔尔与布瓦纪约姆的两条大道上，另有两大股侵略军潮水般地涌现出来。这三支大军的先头部队，恰好同时在市政府广场上会合。随后，德军大部队就开到，从周围的大街小巷里鱼贯而出，一营营排列整齐，迈着沉重而有节奏的步伐，踩得石板路面嘎嘎作响。

一种陌生而喉音很重的口令声，沿着那些看似空荡而死寂的房舍升起。其实，此时在那些紧闭着的百叶窗后，正有无数双眼睛紧盯着进驻的胜利者：他们成了这座城市的主人，可以根据"战时法"任意处置全城人的生命财产。居民们躲在自家昏暗的房间里，惶恐不安，胆战心惊，如同遇到了洪水泛滥与强烈地震，任凭自己有什么智慧与能耐，都无能为力。诚然，每逢事物的秩序被打乱，安全不复存在，人类的法律与自然的法则所保护的一切，遭到某种疯狂凶残力量的摆布时，人们都会产生这种惶恐感、战栗感。大地震将一个地方所有的人都压死在倒塌的房屋之下，泛滥的洪水冲走了被淹死的农民与耕牛以及房屋的木头；同样，打了胜仗的军队就要屠杀继续自卫的人，要押走俘虏，要以战刀的名义进行掠夺，要用大炮的轰鸣向上苍表示感恩。所有这些可怕的灾难埋葬了我们对永恒正义的信念，使我们不再像有人教导的那样，去信赖上天的保佑与人类的理性。

在每家每户的门口，都有人数不多的德军小分队在敲门，接着，他们就进入屋内。这就是入侵后的占领。战败者的义务由此开始，招待战胜者，当然战败者必须和颜悦色，温良恭顺。

过了一段时间，入侵后的初期恐怖消失了，出现了一种新的平静气氛。在许多家庭里，普鲁士军官都与主人一家同桌吃饭。

有的军官很有教养,出于礼貌,还对法兰西表示表示同情,说自己参加这场战争,并非自愿,心里实在是反感。普鲁士军官竟有这份情感,房主一家自然感谢不已,何况说不上什么时候,还得仰仗他的保护呢。再说,把他伺候好了,也许可以另外少给几个士兵供饭。既然好事坏事都取决于他,那又何必去冒犯他呢。真要去冒犯他,那就不是勇敢,而是鲁莽了。想当年,鲁昂城的市民确曾鲁莽过一次,英勇保卫了这座城市①,使它名扬四海,但物换星移,今非昔比,鲁昂人再也不会犯此种鲁莽的毛病了。从法兰西的处世智慧中,他们总结出这么一个至高无上的结论:只要不在公共场合跟敌对国士兵亲近热乎,在自己家里客气一些并不为过。于是,在外面,彼此装作不认识,但一到家里,就谈笑风生了,每天晚上,大家围炉而坐,德国人久久也不离去。

即使是这座城市本身,也渐渐恢复了和平时期的常态。法国人虽然不大出门,但普鲁士士兵在大街小巷到处可见。况且,那些蓝色轻骑兵的军官虽佩戴着又长又粗的杀人武器,在马路上大摇大摆,但他们对普通老百姓的态度,并不比去年在那些咖啡馆里喝酒的法国轻装兵更为盛气凌人。

不过,空气中多了点什么东西,某种不可捉摸的、陌生的东西,某种令人难以忍受的异样气息,这种气息扩散开来,无孔不入。它充斥于每家每户之中,广场街道之上,它改变了饮食的味道,使人仿佛觉得离家远行,来到了野蛮而可怕的部落。

战胜者索取钱财,贪得无厌。城里的市民无不如数缴纳,幸好他们确也殷实富足。不过,诺曼底商人越是有钱就越吝啬,越舍不得拔毛出血,只要看见自己的财富有一点落进他人手里,就特别心疼。

---

① 指十五世纪,鲁昂人反抗英王亨利五世的统治。

但是，出了城，沿河往下走两三法里，到克鲁瓦塞、迪耶普达尔或比萨尔一带，船长与渔民经常从水底打捞上来穿着军服的德国人的尸体，他们有的是被一刀砍死的，有的是被人踢死的，也有被石头砸死的，或是被人推下水淹死的，都已经被水泡得肿胀了起来。河底的淤泥掩藏着不少此类野蛮而合情合理的地下复仇行为，这些无名英雄不声不响地抗敌，比光天化日之下的战斗更要危险，但又得不到扬名天下的荣耀。

因为凡是对外敌的仇恨皆有无穷的感召力，总能激起一些英勇的义士，他们全都出于信念而视死如归。

虽然普鲁士人侵占了全城后实施了铁腕统治，但他们并没有干过任何一件传闻提及到他们在进军中所犯的那类暴行。于是，城里的市民胆子壮起来了，当地商人重开买卖、招财进宝的欲望又在蠢蠢而动。有几个商人原本在勒阿弗尔港有大笔投资，那个港口至今还在法军的手里，所以，他们打算从陆路先到迪耶普，然后再乘船去勒阿弗尔。

他们利用所认识的几名德国军官的关系，从占领军司令部获得了离城特许证。

于是，一辆四匹马拉的旅行大马车整装待发，有十位客人订了座位，他们决定星期二早晨天亮之前就动身，以免被路人围观。

几天以来，气候寒冷，地面也冻硬了。到了星期一下午三点钟光景，北风猛吹，刮来大片大片的乌云，大雪纷飞，从傍晚起一直下了一个整夜。

凌晨四点半，旅客们都聚集在诺曼底旅馆的院子里，他们要在这里上车。

旅客一个个都睡眼惺忪，身上披着毛毯，却也冻得浑身发抖。在一片昏暗中，彼此看不清楚，身上又都穿着臃肿的冬装，看上去就像身着教士长袍的胖神父。有两个男人终究还是认出了对方,第三个人也凑上去,于是,他们就谈开了。一个说:"我这次带老婆一起走。"另一个说:"我也一样。"第三个说:"我也如此。"第一个又说:"我们再也不回鲁昂了,如果普鲁士军队再逼近勒阿弗尔,那我们就去英国。"三人的想法不约而同,如出一辙,实在是气味相投。

但是,迟迟不见有人前来套车。一个马夫手提一盏小灯,不时从一扇黑洞洞的门里走出来,又立即钻进另一个门洞。马厩的地上有垫草与肥料,马蹄磕地的声音就不响亮了,从屋里传出一个汉子骂骂咧咧在跟牲口说话的声音。一阵轻微的铃铛声表明有人在搬弄马具,这轻微的声音很快就变成了清脆、持续不断的颤音,节奏随着牲口的动作而有所变化,有时寂静无声,有时又突然猛响一阵,同时伴随着马蹄磕地的沉闷声。

那扇门猛然关上了。一时鸦雀无声。那些有钱人冻得发僵,也都沉默下来,直挺挺地待在那里。

绵绵不断的雪花织成了闪闪发亮的帷幕,徐徐向大地降落,它使万物模糊不清,给所有的东西都蒙上了一层像泡沫一样的雪花。全城一片寂静,一切声响都被严冬埋葬了,只听见雪花落下时的窸窣之声。它微细不清,飘忽不定,与其说是声音,不如说是感觉,这细小轻微的动静,仿佛充塞了整个宇宙,覆盖了世界大地。

提风灯的那人又出现了,他牵来一匹垂头丧气、不愿受驱使的马,把它拉到车辕前,系上绳套,转悠了好些圈儿,总算把马具套好,因为他一手提着小灯,只有另一只手可以干活。正当他要去牵第二匹马时,他注意到旅客们全都站在那里不动,身上都飘满了雪花,便对他们说:"你们怎么还不上车,车里至少可以避避雪。"

显然，他们都没有想到这一点，于是他们一听此话就一拥而上。那三个男人先把自己的妻子扶上车，随后也跟了上去。另外还有几个形貌模糊的人，也上车在空位子上就座，一言不发。

车厢的底板上铺了麦秸，旅客都把脚插了进去。坐在里头的那几位太太，带了烧炭暖手的小铜炉，她们点燃其中的化学碳，开始低声数说这种暖炉的优越性，其实她们如数家珍所说的种种，都是老生常谈，无人不晓的。

马车终于套好了，原定四匹马拉，考虑到路滑难拉，又加套了两匹马。这时，有人在车外问道："人都上齐了吗？"车里有人应道："全上来了。"于是，马车就出发了。

马车慢吞吞地前进，一小步一小步地往前，轮子陷在积雪里，整个车厢咯吱咯吱作响，像是在呻吟哀鸣。拉车的马总是打滑，气喘吁吁，全身冒热气。车夫不断甩响他的鞭子，四面飞舞，颇像一条长蛇，时而卷缩，时而伸展，突然一下，长鞭抽在一个滚圆的马屁股上，那马的臂部便往上一拱，用力拉车。

不知不觉，外面天已经亮起来了。那满天飞舞的大雪，刚才还被车里一位在鲁昂土生土长的旅客形容为棉花雨，现在已经停了。一道昏暗的光线从乌云层里透射出来，在厚重乌云的反衬下，雪野显得格外明亮耀眼，地面上时而闪现一排着霜衣的大树，时而出现一座戴雪帽的茅屋。

马车里，借着黎明这种清幽的光线，旅客们开始好奇地互相打量。

车厢里头最舒适的座位上坐着的是大桥街一家葡萄酒批发商行的老板——鸟先生及其太太，他们面对面坐着，正在打瞌睡。

鸟先生从前给人当伙计，趁东家做生意失利破产，把店铺盘过来，从此就发了财。他经常以极低的价格，把劣质酒批发给农村的小贩，因而，在朋友与熟人的眼里，他是个狡猾刁钻的奸商，是个脸上笑嘻嘻、肚子里全是花花肠子的地道诺曼底佬。

他的奸商名声已经家喻户晓，以致成了公开的笑料。曾有一例：在省政府某次晚会上，本地的骄子图奈尔先生，他文思敏捷，见地犀利，专爱编写寓言与歌谣，当时见与会的女士们无精打采，困意甚浓，就拿这位奸商开涮，他提议大家来玩"鸟飞"游戏；此一双关妙语①当即不胫而走，传遍了省府的每个客厅，很快就扩散到了全城，引得省内人士整整一个月笑得合不拢嘴。

鸟先生闻名遐迩，还另有一个原因：那就是他爱搞恶作剧，爱开各种各样的玩笑，有文雅的，也有粗鄙的。因此，任何人提及他，无不马上补充一句："这只鸟，真是个无价的活宝。"

他身材矮小，挺着一个圆球似的大肚子，两片灰色的颊髯之间，夹着一张赤红赤红的脸。

他的老婆人高马大，神态凌厉，嗓门洪亮，处事果断，在自家店铺里体现了井井有条与精于算计的风范。她的老公则以自己嘻嘻哈哈的做派，来活跃店铺的气氛。

坐在这对夫妇旁边的，乃卡雷-拉马东先生，他出身于更高的阶层，是个了不起的人物，在棉纺业里颇有声望，有着举足轻重的地位，他开了三个纺织厂，得过荣誉团骑士的称号，又是省议会的议员。在整个第二帝国时期，他一直是温和反对派的领袖。按照他本人的说法，他历来的行事方式不过是，先持反对立场，用钝器虚晃一招，然后再附和主流派，以求自己得到较高的身价。

卡雷-拉马东太太比先生年轻得多，鲁昂驻军中出身贵族的军官，经常从她那里得到安慰。她坐在自己丈夫的对面，娇小而

---

① 在法文中，"飞"与"偷盗"是同一个词："VoLer"，"鸟飞"一语在这里实指"鸟偷"。

漂亮，蜷缩在毛皮大衣里，正用沮丧的眼光，瞧着这寒碜破旧的车厢。

坐在她身旁的是于贝尔·德·布雷维尔伯爵与夫人，他们的姓氏要算是诺曼底最古老、最高贵的姓氏了。伯爵是个派头十足的老绅士，并且刻意修饰打扮，竭力突出他在相貌上与亨利四世国王的相似之处。根据他的家族引以自豪的一种传说，亨利四世曾使布雷维尔家族的一个妇女出轨且怀孕，那妇女的丈夫便因此受封为伯爵，并荣升为该省的总督。

在省议会里，于贝尔伯爵与卡雷-拉马东先生是同僚，不过，他在省里代表了奥尔良立宪君主派。他是怎么跟南特一个小船主的女儿结为夫妻，这始终是个谜。不过他的夫人确也雍容华贵，她还善于交际，技压群芳。据传，她曾得到过路易·菲力普①的一名王子的爱恋，所以，整个贵族阶层都向她逢迎讨好，她的沙龙在当地要算首屈一指，是昔日风流情致犹存的唯一场所，一般人是难以进去的。

布雷维尔家所拥有的全是不动产，据说每年收入高达五十万法郎。

以上六位是马车上旅客的核心，他们是社会上经济收入稳定、生活安逸、有权有势的人士，是信奉宗教、讲究道德的正人君子。

巧得出奇，所有的女客都坐在同一条长椅上，伯爵夫人的旁边还坐着两个修女，她们手里拨着长串的念珠，嘴里在念《圣父经》与《圣母经》。一个是老修女，满脸麻坑，就像劈面挨过一片霰弹似的。另一个身体甚为瘦弱，脸蛋俏丽，但满面病容，胸脯瘪陷，显然她对宗教信仰已经痴迷入魔，使她情愿以身殉教并幻想超凡入圣，才导致自己的躯体日渐羸弱消瘦。

---

① 路易·菲力普，法国七月王朝（1830—1848）的国王。

在两个修女对面,有一男一女是车上旅客们关注的对象。

那男的颇有名气,人称民主专家科尔尼代,他是所有上流社会人士眼中的危险分子。二十年来,他泡在有民主气味的咖啡店里,不断用大杯大杯的啤酒滋润他那棕红色的大胡子。他父亲本是一个糖果商,给他留下了一份相当可观的财产,却被他与狐朋狗友吃得精光。于是,他就急不可待地盼着共和国早日再来,以获取他为革命喝了那么多啤酒之后应有的权位。九月四日①那天,也许有人故意捉弄他,他真的以为自己被任命为省长了,不料走马上任时,那些在办公室里掌了实权的杂役,却拒不承认他的资格,逼得他立即打退堂鼓。好在他是个挺好说话的主儿,与世无争,乐于助人,于是,他又以无比的热情,全力组织抗敌守土的防务。他发动大家在平野上挖了一些坑,把附近林子里的小树全都砍倒,在每条大路上都设下陷阱,他对自己这些防御工事甚为得意,认为必奏奇效,所以待敌军一逼近时,他便急急忙忙撤退回城里去了。现在坐在马车上,他想,自己到勒阿弗尔去,要比待在鲁昂更有用,那里正遭受普军的威胁,很需要构筑新的防御工事。

那个女的呢,是一个被人们称之为婊子的主儿。她由于过早发福而闻名,得了一个名副其实的绰号叫"羊脂球"。她个头矮胖,浑身圆滚滚的,肥得油脂流溢,连一根根手指也是肉鼓鼓的,只有每个骨节周围才细一圈,皮肤紧绷而发亮,像一串短香肠。她的胸脯丰满挺拔,在连衣裙里高高耸起。她皮肤细嫩,明艳照人,叫人看着就怦然心动,因此她的顾客着实不少。她的脸蛋像一只红苹果,又像一朵含苞欲放的牡丹花,脸蛋上部,两只美丽而乌黑的眼睛闪闪发亮,长而浓密的睫毛映衬着眼波盈盈,她脸蛋的下部则是

---

① 一八七〇年九月四日,巴黎爆发革命,推翻第二帝国,成立第三共和国。

一张媚人的小嘴，两排细牙洁白明亮，嘴唇柔美湿润，简直就是专为接吻而造设的。

据说，她还有许许多多难以言传的媚人妙处。

大家一旦认出了她，那几个正派女士便放肆地交头接耳，评点议论了起来，说什么"婊子"啦，"社会耻辱"啦，等等。虽然是窃窃私语，但声音很高，引得羊脂球不免抬起头来，她把同车的旅客扫视了一圈，目光大胆，并无惧色，且带有挑战的神情。那些人立即都不吱声，纷纷低下了头，只有鸟先生，还在用不正经的眼光偷偷地看她。

但不一会儿，那三位女士又开始交谈。有这妓女在场，她们突然亲近起来，甚至可以说成了亲密的朋友。面对这个无耻的卖淫女，她们似乎觉得必须拧成一股绳，以显示有夫之妇的尊严，因为合法的婚姻从来都鄙视淫行苟合。

那三个男人也同样如此，因为有科尔尼代在场，他们出于保守派的本能而互相亲近了，都以一种蔑视穷人的口气谈论各自的钱财。于贝尔伯爵历数普鲁士军队进攻已经给他带来的损失，还有牲畜被抢、庄稼歉收可能带来的亏空，他说起这些，口气满不在乎，就像亿万富翁那样自信，似乎这些损失只会给他造成一年半载的拮据。卡雷-拉马东先生的棉纺业损失惨重，但他早有防范，先将六十万法郎汇往美国，以备在需要的时候解燃眉之急。至于鸟先生，他也早有安排，将窖存的葡萄酒全部都推销给了法军的后勤部，因此，政府欠了他一大笔款子，这次他去勒阿弗尔就是去取款的。

这三位先生一边谈，一边频频交换友好的眼光。尽管他们的社会地位各不相同，但因为都有钱而感到彼此亲如兄弟，同属于大富豪行会，手一插进裤兜就弄得金币哗哗作响。

驿车行驶的速度极慢，到上午十点钟，还没有走出四法里。有三段爬坡的路，男乘客都是下车步行的。大家开始担心，原定到托特吃午饭，现在看来，天黑以前也难以赶到。每个人都望眼欲穿，但愿能在途中发现一家小饭铺，却不料马车又陷进了一堆积雪，花了两个小时才好不容易脱离困境。

　　大家都越来越饿，饿得心里发慌，却仍然看不到一家小饭铺或小酒店。要知道，一是因为普鲁士军队逼近，二是因为饿狼般的法军部队曾席卷此一地区，附近的店家早都吓得关门停业，逃之夭夭。

　　只要路旁有农舍，车上的男士都要跑去找充饥的东西，结果总是连面包也弄不到。因为农民生性多疑，早已把自家储存的食品都藏起来了，生怕路过的大兵饿红了眼，见到什么就抢什么。

　　将近下午一点钟，鸟先生公开宣称，他已经饥肠辘辘，支持不住了。大家也都跟他一样，饿得心里发慌，因为要命的饿劲越来越折磨人，他们也就没有半点兴致来说话聊天了。

　　时不时，有人打个哈欠，紧接着就有人跟着打。于是，大家就轮番打起来，有人张开嘴巴大声打，有人打得文雅些，还用手去捂住往外冒热气的嘴巴，性格、教养与社会地位各不相同，打法也因人而异。

　　羊脂球好几次弯下腰去，仿佛要在自己裙子底下找什么东西，但每次都犹疑一下，看看旁边的人，然后又若无其事地直起身来。每个人的脸都苍白无光，时有抽搐。鸟先生说他情愿付一千法郎买一只肘子，他老婆做了一个手势要表示反对，随即又平静下来。每当她听说要花钱破费，总是心如刀割，甚至把玩笑话也当真。伯爵说："的的确确，我是感到不舒服，我怎么没想到带些吃的东西上路呢？"他这么一说，大家都纷纷跟着责怪自己。

科尔尼代倒是带了满满一壶朗姆酒,他把这壶酒奉献出来,但大家都冷冷地谢绝了。只有鸟先生接受邀请喝了一点,递回酒壶时,他谢道:"还真不错,可以暖和暖和身子,也可以解解饿。"两口酒下肚,他的兴致又上来了,就提议像歌谣里唱的坐小船那样,让大家把最胖的旅客分割吃掉。这话显然是影射羊脂球,对几位有教养的人士来说,这实在是不堪入耳。谁都不去应声附和,只有科尔尼代笑了一笑。两个修女已经不再念经,双手插在肥大的袖口里,低垂着眼睛,一动也不动地坐在那里,肯定是在向上天表示她们的痛苦,以回报上天赐苦之恩。

三点钟,马车驶到了一片一望无际的平原上,看不到任何村落的影子。这时,羊脂球突然弯下腰去,从长凳底下拉出一只蒙着白色餐巾的大提篮。

她先从提篮里取出一个陶瓷盆,一只小银杯,再取出一个大瓦罐,里面盛着两只已经切好了的鸡,周围满是结了冻的酱汁。大家看见篮子里还有一包包好吃的东西,馅饼啦,水果啦,甜食啦,等等,着实丰富,足够在旅途中吃上三天,有了这些食品,三天之内就不必再沾旅馆厨房的任何油水。几大包食物之间,还露出四瓶酒的瓶颈。她拿出一个鸡翅膀,就着一个诺曼底地区叫"摄政"的小面包,细嚼慢咽地吃起来。

所有的目光都盯着她。接着,食物的香味散开了,刺激得大家的鼻孔张得大大的,嘴里流出了大量的口水,耳朵下面的腮帮子也紧绷得发痛。几位夫人太太对这窑姐嫉恨到了无以复加的程度,简直就想把她宰了,或者把她扔下车去,连同她的酒杯、篮子与所有的食物,全都扔进雪地里。

然而,鸟先生的眼睛直冒欲火,盯着那只盛着鸡肉的瓦罐,他说道:"妙得很,这位太太想得比我们周到。有的人总是事事有先见之明。"羊脂球听了，抬头看着他说："您，想来一点吗，先生？从早上一直饿到现在，可真叫人难受。"鸟先生点头致意，说："说老实话，我还真不能拒绝呢，我实在饿得挺不住了。战时就得说战时的话，是不是呀，太太？"说着，他向周围扫了一眼，接着又说："碰到眼前这种情况，有好心肠的人乐于助人，可真叫人高兴。"他正好有一张报纸，就把它摊在面前，以免弄脏裤子，然后从口袋里取出一把随身带的小刀，用刀尖挑起一块裹满了冻汁的鸡腿，用牙齿撕开，便津津有味地吃起来，他吃得那么心满意足，不顾身份，甚至在车里引起了一大阵痛惜的叹气声。

不过，这时羊脂球又以谦恭柔和的声音，邀请两位修女也来分享她的便餐。这两人立即就接受了，她们结结巴巴说了两句感谢的话，眼皮也没抬就赶快吃起来了。科尔尼代同样也没有拒绝他这位芳邻的邀请，跟两位修女一起，把报纸摊在膝上，拼成一张临时饭桌。

这几张嘴不停地一张一合，大吞大咽。鸟先生在一个角落里闷头大吃，不遗余力，还低声劝他老婆跟着效仿。鸟太太抵制了好一阵子，后来饥肠辘辘，只得屈从。于是，鸟先生十分委婉地问他们的这位"可爱的旅伴"，能否允许他给自己的太太拿一小块儿鸡肉。羊脂球粲然一笑，答了一声"当然可以，先生"，说着就把瓦罐递了过去。

打开第一瓶红葡萄酒之后，出现了一个难题：只有一只酒杯。于是，大家只好把酒杯轮流传递下去，轮流喝。前一人喝后，把杯子抹一下，后一人再喝。只有科尔尼代与众不同，他偏要选择羊脂球唇迹未干的杯沿喝，显然是在对她大献殷勤。

至此，德·布雷维尔伯爵夫妇与卡雷-拉马东夫妇周围的人都在吃东西，食物散发出来的阵阵香味使他们透不过气来，他们忍受着那种以"坦塔罗斯"①命名的痛苦。突然,棉纺厂主的年轻太太长叹一声,大家转过头去一看,只见她脸色煞白得像车外的积雪,双目紧闭,耷拉着脑袋,已然不省人事。她的丈夫吓得六神无主,恳求大家帮忙救护。慌乱之中,人人束手无策。这时,年纪较大的那个修女托起病人的头,将羊脂球的酒杯贴着她的嘴唇,灌进几滴葡萄酒。随即,美丽的太太动了动,睁开眼睛,露出了笑容,用微弱的声音对大家说她现在觉得好多了。但是,那修女怕她再晕过去,又逼她喝下满满一杯酒,接着说:"她是饿晕了,没有别的原因。"

一听这话,羊脂球的脸色顿时涨得通红,她看着那四位饿着肚子的旅客,颇为尴尬,结结巴巴想做点解释:"上帝啊,我不知道自己是否可以请这几位先生和太太来一起……"说到这里,她把话咽下去了,怕自讨没趣,招来一场侮辱。这时,鸟先生表态了:"嗨,不用多说什么,在目前这种情况下,大家都是兄弟姐妹,应当互相帮助。来吧,两位夫人,不用客气,去他妈的规矩!想吃就吃吧,今晚能不能找到一个地方过夜,还不知道呢!照现在这个走法,明天中午之前恐怕也到不了托特。"那几个放不下架子的贵客,仍在犹犹豫豫,谁都不敢说声"好吧",唯恐承担放弃了道德抵制的责任。

最后,还是伯爵当机立断,打破僵局,他转过头去,对着那怯生生的胖姐,摆出一副高不可攀的贵族派头,说道:"好吧,夫人,我们领情接受邀请。"

万事开头难。一旦跨过鲁比孔河②,大家就无所顾忌,开怀大

---

① 坦塔罗斯,希腊神话中的国王,因得罪了宙斯,被宙斯惩罚站立在水中,但口渴时喝不到水,饥饿时,也吃不到头顶上果树的果子,被饥渴煎熬,故称坦塔罗斯之苦。
② 在古罗马时代,意大利与高卢以鲁比孔河为界。"跨过鲁比孔河"一语,是指下定决心采取果敢的行动。

吃了。不一会儿，那篮子里的东西就吃得精光。篮里本来还有一罐鹅肝酱，一罐肥肥云雀酱，一块熏牛舌，几个克拉桑产的梨子，一块主教镇的蜜糖方面包，几块小点心以及满满一杯醋腌黄瓜与洋葱，羊脂球与所有的妇女一样，都最喜爱吃这些生冷蔬菜。

吃了这个窑姐儿的东西，就不能不跟她讲话交谈了。于是，大家聊了起来，起初还有人端点架子，后来见她说话颇注意体统，大家也就比较放松自如了。德·布雷维尔夫人与卡雷-拉马东太太很善于交际，懂得如何和蔼可亲而又讲究分寸，尤其是伯爵夫人，特具高贵妇女的大家风范，礼贤下士，举止高贵，和蔼可亲。相反，那个又高又壮的鸟太太，脑子像宪兵一样不开窍，光闷头大吃，不屑于交谈，持不同流合污的态势。

大家自然而然就谈起战争，大谈普鲁士军队的残暴与法国军民的英勇抗敌。别看这些人自己逃跑得快，却大肆赞扬别人的勇敢。接着，大家又谈起各自的经历，羊脂球讲述她是如何离开鲁昂的，讲起来充满了真挚的感情，言辞甚为激烈，大凡妓女要发泄内心的愤慨，往往就会言词过火：

"本来，我以为可以留在鲁昂，我在家里储存了很多食品，我宁可供养几个大兵也不愿意背井离乡，到处流浪。可是，我一看见他们，这些普鲁士猪，我就控制不住自己，他们简直把我的肺都气炸了。我感觉受到了奇耻大辱，哭了整整一天。哼，我如果是个男子汉就好了！我从窗口一直盯着他们这几头戴着尖顶头盔的猪猡，要不是女仆拉住我的手，我真会把家具扔下去砸断他们的脊梁骨。后来，他们要住进我的家里，我扑向头一个走进来的家伙，掐住他的脖子，要掐死他们并不比掐死其他人更难，如果不是有人揪住我的头发把我拉开，那个家伙肯定被我干掉了。出了这事以后，我不得不躲起来。最后，我终于找机会逃了出来，上了这辆车。"

同车人都极为赞赏了她一番。他们都不曾有过如此勇敢悲烈的行为，因而对她有了几分敬重。科尔尼代听她讲述时，脸上带着教士那种赞许与善意的微笑，就像一位神父在听教徒颂扬上帝。因为留大胡子的民主党人总是垄断爱国主义的专利，就像穿教袍的神父总是垄断宗教的专利一样。轮到他讲述时，他用了一种布道说教的口吻，还加了慷慨激昂的言辞，这种言辞都是他从每天张贴在街墙上的宣言声明中搬来的，最后，他还讲了一段雄辩风格的话，把"巴丹盖无赖"①狠狠骂了一顿。

不料，羊脂球听了此话，当即勃然大怒，因为她是拥护波拿巴的。她的脸涨得比樱桃还红，气得说起话来也结结巴巴：

"我倒要看看，你们这些人坐到他的位子上会怎么样。肯定会更糟糕！他这个人呀，就是被你们出卖的！如果换你们这样的瘪三无赖来统治，所有的人都只好离开法国啦！"

科尔尼代并不动火，脸上仍保持着那高傲优雅、不屑计较的微笑。不过，大家感到脏话就要出口了。幸好伯爵挺身而出，以权威的口气宣称，凡是坦诚的见解都应当受到尊重，好不容易才劝住了这位怒气冲冲的姐儿。伯爵夫人和棉纺厂主的太太，跟一切有身份的人一样，打心眼里就莫名其妙地憎恨共和国，还跟所有的妇女一样，本能地喜欢讲究奢华的专制政体。因此，不由自主地被这位充满正义感的妓女吸引，觉得她那一番感情倒是跟她们自己挺投合。

一篮子食物全吃光了。十张嘴巴，对付这些东西，毫不费劲，倒是颇为遗憾地觉得这篮子还不够大。东西吃完后，谈话还持续了

---

① 巴丹盖，原为法国一泥瓦匠。路易·波拿巴于一八四六年越狱逃跑时，借用了此人的名字，后来他当了皇帝，时人以此作为他的绰号。

一段时间,不过渐渐地冷了下来。

夜幕降临,黑暗变得越来越浓重。人在消化食物时往往特别怕冷,羊脂球虽说身体肥胖,也不免打起了寒战。德·布雷维尔夫人的小暖炉从早上到现在,炭已经加过好几次了,这时,她表示愿意借给羊脂球暖一暖。羊脂球立刻接过来,因为她觉得两只脚已经冻僵了。卡雷-拉马东夫人与鸟太太也把各自的小手炉借给两个修女。

车夫已经点上风灯。明亮的灯光照见辕马臀部汗流如洗时所冒出的腾腾热气,也照见大路两旁的堆堆积雪,在摇曳的灯光下向后迅速退去。

车厢里什么也看不清楚,突然,在羊脂球与科尔尼代之间,有点什么动静。鸟先生两眼极力在黑暗中搜索,觉得自己看出了那个大胡子急速往旁边一闪,似乎挨了人家狠狠的一闷拳。

大路前方,出现了星星点点的灯光,那就是托特镇。马车一共行驶了十一个小时,加上途中四次停车暂歇、给马喂料耽误两个小时,总共十三个小时。马车驶进市镇,在商会旅馆门前停下。

车门打开了,一种耳熟的声音令所有的旅客大吃一惊,那是军刀刀鞘碰撞着地面的声音,随即,一个德国人在喊叫着什么。

马车虽然已经停稳,可是谁也没有下车,好像害怕一出车门就会遭屠杀似的。这时,车夫提着一盏马灯走过来,灯光照亮了整个车厢,但见张张面孔全都惊恐万状,嘴巴大张,眼睛发直。

在车夫身旁,有一名德国军官站在灯光里,他是个身材高挑的年轻人,非常瘦削,头发金黄,军服紧紧裹在身上,就像女人的束胸紧身衣。他头上歪戴着平顶鸭舌漆皮军帽,样子挺像英国旅馆的侍役。他的两撇唇髭长得出奇,一根根胡须直直地向两侧伸展,到最尖端只剩下一根根极细的黄丝,细得叫人无法看清末梢。这两撇胡子在脸部倒是举足轻重，压住了嘴角，显得两片脸颊往下坠，给嘴唇标出一道垂下的褶痕。

他用阿尔萨斯[①]人讲的法语，要旅客们下车，口气很生硬："你们不兀（愿）意瞎（下）来吗？先生们和代代（太太）们。"

那两个修女首先服从了命令，她们本就是圣洁女子，习惯百依百顺。伯爵与他的夫人也下了车。随后，是棉纺厂主及其太太。再后，是把自己高大的老婆推在前面的鸟先生，他脚一着地，便对那军官说了声"您好，先生"，但与其说是礼貌，不如说是出于谨小慎微。那德国军官像有权有势的大人物一样傲慢，只看了他一眼，没有搭理。

羊脂球与科尔尼代虽然离车门最近，但最后才下车，他们要在敌人面前表现出大义凛然的气概。胖姐竭力控制自己，让自己保持冷静。那位民主党人则不停地捋着棕红色的大胡子，手微微发抖，颇有悲壮意味。他们懂得，在此种场合下，每个人多多少少都代表着自己的国家，为此，他们就是要保持一点尊严，眼见旅伴们恭恭顺顺，他们都甚为反感。因此，羊脂球要尽力显得比同车的那几个正经女人更为高傲，而科尔尼代则感到自己应该做出表率，要以自己的态度表明，他仍在坚持抗战，就像当初他在大道上设置路障一样。

大家走进旅馆宽敞的厨房，德国军官要他们出示总司令部签发的离境证，那上面说明了每个旅客的姓名、面貌特征、职业。他仔细审视了每一个人，一一对照了证件。

接着，他突然说了一句"豪（好）啦"，随即就走了。

旅伴们这才松了一口气。因为他们还感到饿，便吩咐旅馆准备晚餐，不过他们必须等上半小时。趁两个厨娘忙于准备的时候，他

---

① 阿尔萨斯，法国东北部一省区，与德国接壤。一八七零年普法战争后，被割让给德国。

们抽空去看看各自的客房。客房排列在一条长长的走廊里，走廊的尽头有一扇玻璃门，门上标明了是"厕所"。

终于，到了开饭的时候。大家正要入座，旅馆老板突然跑进来了。他从前是个马贩子，父亲传给他的姓氏是佛朗维。这个患气喘病的胖子，喉咙里老有痰，总发出咝咝声与呼噜声。

他问道：

"哪位是伊丽莎白·鲁塞尔小姐？"

羊脂球战栗了一下，回头应道：

"是我。"

"小姐，普鲁士军官要立即与您谈话。"

"跟我谈话？"

"没错，如果您就是伊丽莎白·鲁塞尔小姐的话。"

羊脂球不知所措，她想了一下，断然回答说：

"有可能是找我，但是我不去。"

她周围一阵骚动，大家议论纷纷，猜测普鲁士人下这道命令的缘由。伯爵走过来，劝说道：

"您这样做就错了，夫人，因为您一口回绝，不仅会给您自己带来很大的麻烦，而且也会连累我们这些同行者。要记住，永远不要抗拒最强大的人。您去跑一趟，绝不会有任何危险，很可能只是要补办什么手续。"

大家都附和伯爵的意见，纷纷恳求羊脂球，催她快点去，还开导了她一番，并终于说服了她。原本大家都怕她一意孤行，拒绝军官的命令，而把事情弄得很复杂。

最后，羊脂球表示同意："很显然，我可是为了你们诸位才去的！"

伯爵夫人一把抓住她的手：

"我们大家都感激您呀!"

羊脂球去了。大家坐在餐桌边等她回来一起用饭。

这时,每个人心里都颇感遗憾,要是普鲁士军官叫到自己,而不是叫这个性格暴烈、脾气不小的姐儿去,那该多好!他们一边这么想,一边慢慢考虑,如果自己被轮到时,该讲些什么逢迎讨好的话呢。

可是,才过十分钟,羊脂球就回来了。她的脸涨得通红,气急败坏,怒火冲天,结结巴巴地骂道:"这个流氓!这个流氓!"

大家都急于知道究竟发生了什么事情,纷纷问她,她却什么也不讲。在伯爵一再追问下,她才神情凝重地回答说:

"不,这事跟你们没有关系,我不能讲。"

于是,大家只好围着一大盆汤坐下,汤盆里散发出白菜的清香。虽然刚才受了一惊,这顿晚餐还是吃得开开心心的。苹果酒味道很正。鸟先生夫妇与两位修女为了省钱只喝苹果酒,其他人都要了葡萄酒。科尔尼代则叫了啤酒,他喝起来自有一套独特的方式,先开启瓶塞,让啤酒溢出泡沫,再把酒杯倾斜着仔细端详,然后端起杯子,对着灯光鉴赏酒的色泽。喝的时候,他那一把与这心爱的饮料同颜色的大胡子,似乎也激动得颤抖起来;他那双眼睛睥睨着盯着酒杯,一动也不动,那神情好像是在完成他为之而生的唯一职责。可以这么说吧,有两种伟大的爱是他毕生为之献身的,那便是对淡色啤酒与对革命的爱,这两者在他思想里相互接近,甚至水乳交融,合二为一,因此,他现在品尝啤酒时,就不能不想革命。

佛朗维先生与他老婆在餐桌的另一端用饭。那男人像一辆破火车头,发出呼哧呼哧的喘气声,他的胸膛一呼一吸,次数过于频繁,那是没法边吃边说。可是,他的老婆却从没有住嘴的时候。她讲述普鲁士军队刚来时给她的种种印象，讲述他们的所作所为，他们的所说所讲。她恨透了他们，首先因为他们害得她损失了不少钱，其次因她的两个儿子当兵上了前线。她特别乐于跟伯爵夫人交谈，觉得跟一位贵族夫人谈话甚为荣幸。

接着，她压低嗓门，讲了一些不堪入耳的事，她丈夫不时打断她的话："最好是闭上你的嘴。"但是，她根本不予理睬，照说不误：

"没错，夫人，那些家伙，除了吃土豆与猪肉，还是吃土豆与猪肉。可是，别以为他们干净。不，他们才不干净呢。恕我说话不雅，他们到处拉屎撒尿。他们操练起来，一连好几个钟头，甚至一连好几天，看看真是大开眼界！他们全集合在田地里，一会儿向前走，一会儿向后走，一会儿转向这边，一会儿转向那边。干什么不好呢，至少在自己国家种种地也好嘛，或者就去修修路吧！可他们偏不干，夫人，那些军队从不干好事！难道老百姓养活他们，就是为了让他们什么也不学，只去杀人吗？不错，我不过是个老太婆，没有受过教育，可是看着他们从早到晚在那里踏步走齐步走，累得筋疲力尽，我心里就琢磨：有些人专门发明创造，为的是对人类有用，但另外一些人却挖空心思、费尽力量，只是为了损人害人！老实说，杀人，不就是作恶吗？不管是杀普鲁士人、英国人、波兰人，还是法国人——如果有人伤害了你，你就进行报复，那是不对的，你会被判刑；但是，有人用枪屠杀我们的小伙子，就像打猎似的，难道就对吗？谁杀人最多，难道就该把勋章授予他吗？岂有此理！我真弄不懂！"

科尔尼代提高嗓门说：

"如果是进攻一个爱好和平的邻国，那么战争就是一种野蛮行为；如果是为保卫祖国而战，那就是一种神圣的职责。"

这老婆子低下头，说道：

"是的，如果是自卫，那是另一码事。可是，有些帝王君主专靠打仗取乐，难道不该把他们统统杀掉吗？"

科尔尼代眼睛一亮，他说：

"讲得真好，女公民！"

卡雷-拉马东先生正陷入沉思。虽然他对那些赫赫有名的战将崇拜得五体投地，但这个乡下女人所讲的这一番常情常理却引起他的思索：在一个国家中，这么多人手竟闲置不用，任他们耗费大量财富，这么多力量竟不从事生产创造，如果把他们都调动起来，投入宏伟的事业，来从事好几个世纪才能完成的大工业进程，那该多好！

这时，鸟先生离开了座位，去同旅馆老板低声交谈。那个胖子边笑边咳嗽边吐痰；听了鸟先生一些逗趣的话，直乐得肚子起伏跳动，当即向鸟先生订购了六大桶红葡萄酒，说好等开春普鲁士人走后即交货。

旅途劳顿，大家都累得身子散了架，刚一吃完饭，就都回房歇息。

然而，鸟先生处处事事都留了心眼，他扶老婆上床躺下之后，便走到门口，时而把眼睛对着锁孔望，时而把耳朵贴上去听，想要发现若干他所谓的"走廊秘事"。

过了一个钟头左右，他听见一阵窸窸窣窣声，就赶紧把眼睛凑上去看，只见羊脂球穿着一件镶有白色花边的蓝色开司米睡袍，比白天更显肥胖。她手里端着一支烛台，向走廊尽头的厕所走去。这时，忽见走廊旁边的一扇门开了一条缝，过了几分钟，待羊脂球回来时，科尔尼代穿着背带裤走出来跟随其后。他俩开始低声交谈。羊脂球似乎是坚决不让他进她自己的房间。鸟先生在这厢看得发

急,苦于听不清两人在讲些什么,后来,他们提高了嗓门,他才听清了几句。科尔尼代正在急切地央求,他说:

"瞧您的,您何必这么傻,这对您有什么不好呢?"

羊脂球愤怒地拒绝道:

"不,亲爱的,有些时候,这种事是不能干的,何况在这里干,更是可耻!"

科尔尼代显然没有听懂这话的意思,还问为什么。这一下,羊脂球火了起来,声音也高了:

"为什么?您还不明白为什么?普鲁士人就在这幢房子里,也许就在隔壁房间,亏您还问为什么?"

科尔尼代不吭声了。有敌人在附近,这个妓女便不肯接受一个男人的求欢,这种爱国的情操想必在他心里唤醒了他那一息尚存的尊严感,于是,他只是搂住羊脂球吻了一下,便蹑手蹑脚回自己房间去了。

鸟先生的欲火已燃得老旺,他离开锁孔,在房间里蹦跳了一下,戴上睡帽,掀开被子,躺在他老婆硬邦邦的身躯旁,用一个亲吻把她弄醒,悄声对她说:"宝贝儿,你爱我吗?"

这时,整个旅馆寂静无声。但是,过了不多久,不知是从哪里,也说不清是从什么方向,也许是从地下室,也许是从阁楼,响起了一阵鼾声,那鼾声雄浑有力,单调而有节奏,低沉而悠长,还带有若干颤音,犹如汽锅受蒸气压力而颤动。佛朗维先生睡熟了。

原定第二天早晨八点动身,到时候,大家都汇集在餐厅里准备出发。然而,那辆马车仍孤零零地停在院子当中,顶篷上盖着一层积雪,却既没有套马,也不见马夫。大家到处找他,马厩里、草料房里、车库里全不见他的踪影。于是,所有的男士们决定到镇上去找,说罢就都出了旅馆。他们来到教堂前的广场,广场两侧有些低矮的房屋,那里有几个普鲁士士兵。先看见一个士兵正在替居民削土豆皮,稍过去一点,一个士兵在帮理发店洗刷店面。还有长着络腮胡子的士兵,正抱着一个哭哭啼啼的小孩,把他放在自己的膝上轻轻摇动,哄他不哭。那些胖胖的乡下女人,丈夫都当兵打仗去了,现在正打着手势,指挥那些听话的胜利者该干什么活,如劈柴啦,往面包上浇热汤啦,磨咖啡啦,等等;有一个士兵甚至在替女房东洗衣服,因为她年纪很老,而且手脚不灵便。

伯爵甚为诧异,这时,从神父的住所走出来一位教堂执事,他便上前打听。那位虔诚的老者回答说:

"哦,这些士兵并不坏。听说他们不是普鲁士人,而是从更偏远的地方来的,究竟是什么地方,我也说不清。他们也是抛下了老婆孩子,背井离乡,出来当兵。要说打仗,他们并不觉得有趣!他们家里的女人也在为男人提心吊胆,伤心落泪。他们家乡跟我们这里一样,日子也很不好过。我们这里还算好,眼下还不算太苦,因为这些士兵在这里并不为非作歹,倒像是在自己家里一样,帮着干活。您瞧见了吧,先生,穷人之间,就应该互相帮助……要打仗的是那些大人物。"

战胜者与战败者居然如此和睦共处,科尔尼代实在看不惯,他心里冒火,便愤然离去,他宁可回旅馆一个人闷在自己房间里。鸟先生倒讲了一句笑话:"这些普鲁士士兵在这里繁殖人口。"卡雷-拉马东先生则讲了一句严肃的话:"他们是在作出补偿。"到这时为止,车夫仍然没有找到。最后,总算在镇上的咖啡馆里,才发现他正同那个普鲁士军官的勤务兵,亲如兄弟般地坐在桌前。伯爵向他提出质问:

"不是要你八点钟把车套上,准备好出发?"

"不错,可是我又接到另一个命令。"

"什么命令?"

"不让我套车。"

"是谁给你下的这道命令?"

"这还用问,当然是那位普鲁士军官。"

"为什么要下这样的命令?"

"这我就不知道了,谁下的命令,您去问谁好了。不准我套车,我就不套车。就是这么一回事。"

"是那军官亲口给你下的命令吗?"

"不是,先生,他的命令是由旅馆老板向我传达的。"

"什么时候?"

"昨天晚上,我正要去睡觉的时候。"

三位先生极为不安,回到旅馆。

他们要见旅馆老板,但女仆回答说,老板有气喘病,从来不在十点钟以前起床,甚至明确规定,除非失火,否则绝不允许提前叫醒他。

他们想见那位军官,但这也绝对办不到。那军官虽说就住在这个旅馆里,但只准许旅馆老板一人跟他交流。于是,大家只好干等。女士们都回到各自的房间,料理些琐事。

厨房里高大的壁炉中炉火正旺,科尔尼代在炉前坐下,他叫人搬来一张小方桌,要了一瓶啤酒,随后又掏出他的烟斗。那烟斗绝非等闲之物,它在民主党人中,与科尔尼代享有同等的威望,似乎它为科尔尼代效劳也就是为祖国服务。那是一只非常精美的海泡石烟斗,已经积了厚厚的烟垢,熏得漆黑,就像它主人那一口牙齿一样,不过,它倒是散发出一股浓郁的香味。整个烟斗弯弯的,油亮油亮,它跟主人的手早已混得烂熟,也给主人的仪表增添了好些魅力。科尔尼代坐在那里不动,两眼时而盯着壁炉里的火苗,时而凝视着酒杯里的泡沫,每喝一口,就心满意足地用瘦长的手指捋捋油腻的长发,同时吮吮沾在髭须上的啤酒沫。

鸟先生借口要活动活动腿脚,跑去向当地零售商推销他的葡萄酒,伯爵与棉纺厂主在高谈阔论。他们展望法兰西的前途:一个看好奥尔良派,另一个则指望出现某个无名的大救星,某个在国家沦亡之际力挽狂澜的英雄。也许出一位杜·盖克兰[①],也许出一位贞德[②],或者再来一个拿破仑一世。唉,如果皇太子[③]不那么年轻就好了……科尔尼代在一旁听着,面带微笑,似乎对民族命运的谜底已经心里有数。他抽着烟斗,烟雾缭绕,飘散在整个厨房里。

十点钟的时候,旅馆老板露面了。大家非常急切地问他是怎么回事,他只回答这么几句话,一字不改地重复了两三遍:

"军官就是这么对我说的:'佛朗维先生,您去告诉车夫,明天不准套车,没有我的命令,那些旅客不得动身,您听明白了吗?'我只能这么办。"

于是,大家要求见军官。伯爵给他送去了自己的名片,卡雷-拉马东先生也顺便在那上面加上了自己的姓名与所有的头衔。普鲁士军官差人回话说:他同意接见这两个人,但是要等到他用完午饭之后,也就是说,下午一点钟左右。

几位太太也下楼来了,大家虽然忧心忡忡,但还是吃了点东西。羊脂球似乎身体不适,显得心绪不宁、惶惶不安。

喝完咖啡之后,勤务兵来叫求见的两位先生。

鸟先生也要跟着去,他们还想拉着科尔尼代一起,为了使他

[①] 杜·盖克兰(1320—1380),法国民族英雄,曾抗击入侵的英军,屡建功绩。
[②] 贞德(1412—1431),百年战争中,拯救了法兰西的女民族英雄。
[③] 指拿破仑三世的儿子,当时未成年。

们的行为更为郑重其事。不料科尔尼代却高傲地宣称，他是绝对不同德国人打交道的。说罢，他又回到壁炉前坐下，又叫了一杯啤酒。

三位先生上楼去了，他们被带进此家旅馆最漂亮的房间，普鲁士军官就在那儿接见他们，只见他躺在一把安乐椅里，双腿搭在壁炉上，叼着一只长长的烟斗，身上披着一件彩色鲜艳的睡衣，那睡衣大概是从哪个俗里俗气的市民遗弃的空房子里偷来的。他没有起身，也不同来人打招呼，连瞧也没有瞧他们一眼，这副神态实着实可以称为军事占领者骄横无礼、不可一世的活样板。

过了半晌，他才开口：

"你们要敢（干）什么？"

伯爵回答："我们想要动身，先生。"

"勿（不）行。"

"在下斗胆问一句，为什么不放行？"

"因为火（我）不元（愿）意。"

"我很荣幸地提醒您，军官先生，贵军司令部给我们发了去迪耶普的正式通行证，我想我们并没有做任何错误事情，要受到您如此严厉的对待。"

"火（我）不元（愿）意，就系（是）这么回系（事）……你们可以瞎（下）去了。"

三个人都躬身行礼，一起退下。

整个下午的气氛都愁云密布，郁郁不欢。谁也不明白那个德国人犯了什么病，如此乖张刁钻，每个人都在绞尽脑汁，甚至产生了非常离奇的想法。他们待在厨房里，设想出了种种荒诞不经的可能，并争论不休。也许是要把他们扣为人质——但是他要达到什么目的呢？也许是要把他们当作俘虏押到别处去？要不然就是要讹他们一大笔赎金？一想到这里，他们都吓得胆战心惊。要知道，越是有钱的人，越是胆小怕事，顾虑重重。他们仿佛已经看见，他们被迫把整袋的金币倒在这个蛮横的大兵手里，以求赎身。于是，他们就挖空心思，编造一些言之成理的谎言，来隐瞒自己的钱财，把自己装成穷人，装成一贫如洗的穷光蛋。鸟先生还摘下自己怀表的金链，藏进口袋里。夜幕渐渐降临，他们的恐惧情绪也与时俱增。屋里点上了灯，离吃晚饭还有两个小时。于是，鸟太太就提议打牌，玩三十一点。这好歹也是一个打发时间的法子。大家都同意。甚至科尔尼代也出于礼貌，灭了烟斗，参加牌局。

伯爵洗牌，分牌，羊脂球一上来便得了三十一点。玩着玩着，大家兴致渐高，压在心头的恐惧感也渐渐平息了。但这时，科尔尼代发现了鸟先生夫妇在串通作弊。

吃饭时，大家正要入座，旅馆老板又来了。他清了清嗓子，然后宣布："普鲁士军官要我来问伊丽莎白·鲁塞尔小姐，她是不是还没有改变主意？"

羊脂球站在那里，脸色煞白，继而又突然涨红，火冒三丈，气得说不出话来，半晌她才终于发作："去对那个臭无赖，那个臭流氓、那个普鲁士死鬼说，我绝不同意。听清楚啦，绝不，绝不！绝不同意！"

胖子老板出去了。大家都围了上来，纷纷询问羊脂球是怎么回事，求她说出上次见军官时谈话的秘密。她先是不肯说，但她还是怒气难平，控制不住自己，大声嚷了出来："他要干什么，他要干什么？他要跟我睡觉！"

大家都怒发冲冠，听了这句粗话，竟没有感到刺耳。科尔尼代猛然把酒杯往桌子上一摔，酒杯当即成了碎片。大家异口同声，同仇敌忾，众怒狂泄，把那个无耻的兵痞狠狠骂了一通。如同一股风暴,似乎那个家伙向羊脂球提出的下流要求,也会伤及他们每个人的皮肉,会使他们每人也作出一份牺牲。伯爵十分憎恶地说,普鲁士军官那种人的行径,简直就跟古代的野蛮人一样。几位太太对羊脂球更是表现出强烈的同情与深切的关怀。那两位修女只在吃饭时才露面,这时都低着头,一声不吭。

怒火平息后,大家还是照常吃了晚饭。不过,大家很少说话,都在考虑问题想心事。

几位太太早早回房歇息去了。男士们仍待在饭厅,边抽烟边凑成牌局,并邀请旅馆老板来参加。他们一心想巧妙地探问这位先生,看有什么办法才能消除那个军官刁难作梗的主意。然而,胖老板一心扑在牌局上,什么也不听,什么也不答,只是不断重复说:"打牌,先生们,打牌。"他玩得十分专心,连吐痰也顾不上,导致胸膛里不断发出一些悠长的声响,肺叶呼哧呼哧扇动,各种音阶的哮喘声应有尽有,从深沉浑浊的喘声一直到像小公鸡学习啼叫时那种嘶哑尖叫的喘声。

他的老婆困了,来叫他去睡。他却拒绝了。那女人只得一人走了,因为她要"值早班",总是天一亮就起床,而他,则是"值夜班"的,随时准备陪朋友熬夜。他向老婆嚷了一声:"把我的蛋黄甜奶放在炉边热着。"然后又继续打牌。大家看出从他嘴里休想套出什么话来,就推托时间已晚,各自回房去睡了。

第二天,大家仍然早早起床,心里隐隐怀着一线模糊的希望,想要动身的心愿也更加强烈,唯恐在这家令人厌恶的小旅馆再泡上一天。

唉,驿马仍拴在马厩里,车夫仍是不见踪影。大家无所事事,闲极无聊,就围着马车转来转去。

午饭时大家死气沉沉。经过一夜的琢磨,人们心里有了主意,看法有所变化，对羊脂球的态度也变得冷淡了。他们现在几乎有些埋怨这个女子，怪她为什么昨夜里不偷偷去找那个普鲁士军官，也好让她这些旅伴们一觉醒来之后，会喜出望外。这不是最简便不过的法子吗？再说，谁会知道内情呢？她自己也可以保住面子，只需让那军官知道，她仅仅是因为可怜旅伴们的困境而屈从的。对她这么一个姐儿来说，这种事算个屁！

虽然他们心里都这么想，可是谁也没有讲出来。

下午，大家都烦闷得要命。伯爵提议到镇子附近去走走。每个人都把身子裹得严严的，一行人就出发了，只有科尔尼代与两修女没去。科尔尼代宁愿守着壁炉。两个修女则到教堂或神父家去消磨时间。

天寒地冻，日甚一日，冻得鼻子与耳朵如针扎了一般，冻得双脚疼痛难忍，举步维艰。待到面对着田野时，望着无边无际的一片白雪覆盖着大地，大家不禁有感凄凉肃杀，只觉得心里寒透了，精神一蹶不振，无心再走，立刻就掉头而回。

四位女士走在前面，三个男士跟随其后，相距不远。

鸟先生对目前的形势，洞若观火，一目了然，他突然发问说，这个"婊子"是不是要连累他们，害得大家在这么个鬼地方长期待下去？伯爵始终保持温文雅的风度，说这种事只能心甘情愿，不能硬逼一个女人做出如此痛苦的牺牲。卡雷-拉马东先生则指出，如果真像传闻所言，法军要从迪耶普发动反攻，那么，两军必在托特这里相遇。另外两位先生一听此话，就更忧心忡忡了。鸟先生发问道："我们能不能徒步逃出去？"伯爵耸耸肩膀说："亏您想得出来？在这冰天雪地里，还带着女眷，那些大兵立即就会追，十分钟就能追上，把我们当俘虏抓回去，任凭他们处置。"他说得极为在理，大家不再吭声了。

几位太太在谈论穿着打扮，但心里都为某件事而提心吊胆，谈话也就不那么专注热烈。

突然，普鲁士军官出现在街口那头。在一望无际的雪地上，远远地勾勒出他那穿着军装的细高身影。只见他走路时双膝向两侧撇开，这是军人特有的步行姿势，因为是怕弄脏了精心擦亮的皮靴。

从太太们身边走过时，他微微弯腰致意，对几个男人，则轻蔑地瞧了一眼；而这几个男人也有点尊严，并未脱帽，只有鸟先生做了一个要脱帽的动作。

羊脂球的脸一直红到了耳根。那三位有夫之妇则感到，同这个妓女走在一起，偏偏又碰见了那个要跟她睡觉的军官，这简直就是她们的奇耻大辱。

于是，她们就谈起那个军官，谈他的身材，谈他的容貌。卡雷-拉马东夫人曾结交过许多军官，极具行家的鉴赏力，她觉得这军官很不错，甚至有点可惜他不是法国人，否则，他准能成为叫所有妇女都心醉神迷的英俊帅气的轻骑兵。

一回到旅馆，大家又不知道干什么才好了，甚至为了一些鸡毛蒜皮的事，彼此言谈间也开始尖酸刻薄起来。吃晚饭时，大家却都沉闷不语，匆匆吃完，各自回房就寝，希望在睡梦中把时间打发掉。

第二天早晨下楼来，个个都是脸色憔悴，心情恶劣。几位太太几乎全不跟羊脂球说话了。

教堂的钟声敲响了，是要为一个孩子作洗礼。这个胖姐儿也有一个孩子寄养在依弗多的一户农家，一年也见不上一次，但她也从不挂念。现在听说有一个孩子要受礼，便骤然萌生了对自己孩子的强烈爱心，所以想去参加这洗礼仪式，而且是非去不可。

羊脂球一走，大家便你看看我，我看看你，然后将各自的座位椅往一块儿挪近，因为大家感到非得做出决定不可了。鸟先生灵机一动，冒出一个点子：向那普鲁士军官建议，把羊脂球一人扣下，其余人全都放走。

他们还是请旅馆老板担任传话的使命，可是，他刚上楼去见军官，就立即下来了。那个德国佬深谙人的本性，把他赶出房门，声称只要他的欲望得不到满足，全体旅客都不能走。

对此，鸟太太那市井无赖的脾性大肆发作起来："我们总不能老死在这里吧。既然这个小娼妇的本行，就是同所有的男人干那种事，我看，她就没有权利挑肥拣瘦。我倒要问一声，这个烂货在鲁昂不是谁要她她就跟谁干吗，连马车夫都不拒绝！没错，夫人，就是省督府的马车夫，这件事我知道得一清二楚，那车夫常在我店里买葡萄酒。可是今天，要她来帮我们摆脱困境，这小婊子却装正经、摆架子！……照我看，这位军官的行为倒是挺正派的。他也许很久没有跟女人有那事了，当然，我们这三位太太更对他的口味。可是不，他愿意将就将就，只要能得到那个大家都玩的女人，就知足了。他懂得尊重有夫之妇。大家想一想吧，他是这里的主子呀，他只要说一声'我要'，就完全可以靠手下那些大兵的帮助，把我们三个统统强奸啦。"

旁边两位太太微微打了个寒战。漂亮的卡雷-拉马东太太眼神发亮，脸色略显苍白，似乎已经感到自己被那军官占有了。

几个男人本来在一旁商量对策，这时也凑了过来。鸟先生义愤填膺，想把"那个贱货"的手脚捆绑住，将她献给军官。但是，伯爵毕竟出身外交世家，祖上三代皆出任大使，本人生来又具有外交家气质，所以仍然主张巧施手腕，智取为上："一定得让她自行决定。"

于是，他们进行了一番密谋。

几位太太也紧紧凑在一块儿，低声细语，各抒己见，共商大计。她们的话都讲得极有分寸。议论起这些极其淫秽的事情，夫人太太们都措辞文雅，表述委婉，句斟字酌，含蓄谨慎，一个局外人是绝对听不明白的。不过，上流社会所有的女人身上那层薄薄的遮羞布，只能掩盖其外表；一遇见男女间的风流艳事，她们就心花怒放，不由自主，打心眼里感到蚀骨销魂，如同搔到了自己的痒处，她们怀着漾漾春情，为他人撮合，就像嘴馋的厨子在替他人做晚餐。

这一伙人到后来，觉得这件事本来很滑稽可笑，不由得越谈越轻松越放肆。伯爵说了若干粗鄙的取笑话，但是说得很巧妙，引得了大家会意一笑。鸟先生一讲，下流话就出口了，但大家并不觉得不堪入耳。他太太则怎么想就怎么说，毫无遮掩，令在场的人都欣然认同，她说："这个婊子既然是干这一行的，为什么她跟别人都干过，偏偏要拒绝这一个军官呢？"出身高贵、趣味优雅的卡雷-拉马东夫人似乎仍持这样的想法：如果她自己是羊脂球，倒宁肯接受这个军官，而拒绝其他的人。

他们就像要攻陷一座被围困的堡垒一样，花了很多时间讨论具体作战方案。大家商定了每个人要扮演的角色，要依据的道理，要采用的手腕。他们也制定了进攻的计划、要使用的计谋与攻其不备的方式，以便迫使这座活生生的堡垒开门迎敌。

然而，科尔尼代却躲在一旁，与他们保持距离，不闻不问。

他们正全神贯注地进行商议，没有听见羊脂球回来了。幸亏伯爵轻轻嘘了一声，大家才抬眼一看，羊脂球已经来到了跟前。大家戛然闭口，顿时不免尴尬，不知如何搭话。毕竟伯爵夫人深谙交际场上虚与周旋的那一套技巧，比别人灵活善变，她向羊脂球问道：

"这次洗礼有意思吗?"

胖姐儿心情激动,余波未平,就把洗礼从头到尾描述了一遍,如见到什么人啦,那些人的形貌神态啦,以至教堂的外观啦,等等,最后,她还补充了一句:"有时上教堂做做祈祷,实在太好。"

一直到吃午饭,这几位夫人太太对她都甚为亲近和蔼,当然是为了先取得她的信任,以便她过会儿能听进她们的劝告。

一坐上饭桌,这一伙人就开始咄咄逼人了。开始时,他们先泛泛谈论献身精神,列举了古代的一些先例,最先举出犹滴①与霍洛菲纳,继而生拉硬扯把卢克雷蒂娅②与塞克斯图斯也算上,再接着就是克娄巴特拉③,说她陆续将敌军将领——引诱上床,使他们终于都像奴仆一样俯首帖耳。于是,在晚餐桌上,更有一个荒诞不经的故事应运而生了。它完全是这几个不学无术的百万富翁想象出来的,说的是罗马的女公民纷纷跑到加布城④,去搂抱汉尼拔⑤,搂抱他手下的副将与雇佣军官兵,让他们在玉臂里睡大觉。这几位说客先生还列举了所有那些挺身而出、阻挡了征服者的女人,她们将自己的玉体当战场,当制伏敌人的手段与武器,她们以绵里藏针的抚摸亲吻战胜丑恶可憎的对手,为了复仇与报效国家的高尚目的而牺牲自己的贞操。

---

① 犹滴,古犹太的女英雄,为解救自己的城市,她入敌营灌醉敌军将领,取其首级,使敌军溃退。
② 卢克雷蒂娅,古罗马的烈女,被罗马暴君之子奸污,她要父亲与丈夫报仇后即自杀。她的死激起众怒,导致暴君统治被推翻。
③ 克娄巴特拉,古埃及女王,以其姿色征服了罗马的恺撒与安东尼等名将。
④ 加布,罗马附近的城市。
⑤ 汉尼拔,古迦太基的大将,曾率军攻扰罗马,久而不克,驻军于加布城,传说他耽于加布妇女美色。

这几位先生甚至还婉转谈到英国有一位出身名门的大家闺秀，蓄意染上一种可怕的传染病，想要让拿破仑也染上，但是在那次暗藏着致命危险的幽会中，拿破仑突然感到虚弱乏力，体力不支，只好作罢，才奇迹般地避开了这次暗算。

所有这些故事，都讲得很得体，很有分寸，有时这些上等人士还爆发出一阵热情洋溢的赞叹声，意在激励在座的某人进行效法。

听来听去，你就会相信，女人活在世上，其唯一的使命，就是永无止境地奉献自己的肉体，没完没了地听任大兵丘八的玩弄。

两位修女似乎充耳不闻，陷入了深深的沉思。羊脂球则一声不吭。

整个下午，大家都让她一个人待着，去慢慢进行思考。但是，他们本来一直称她为"夫人"，现在却改称"小姐"，谁也说不清为什么改变称呼，似乎是有意降她一级，让她从已经爬到受人尊敬的级别上挪下来，以提醒她别忘了自己原来的卑贱地位。

又到吃晚饭的时候了，刚一上汤，旅馆老板又来了，仍然重复了昨天晚上的那句问话："普鲁士军官派我来问伊丽莎白·鲁塞尔小姐，她是不是还没有改变主意？"

羊脂球生硬地答道："没有，先生。"

在晚餐上，同盟军的攻势明显削弱。鸟先生讲了两三句，效果甚糟。每个人都在搜肠刮肚，想找出一些新的事例，结果一无所获。还是伯爵夫人，她并非胸有成竹，事先亦无考虑，只是模模糊糊感到应当向宗教表示表示敬意，就随便问问那位年纪大的修女，圣徒们曾经干过一些什么了不起的事。殊不知许多圣徒都干过一些被我们视为罪恶的事情，但是，只要那些罪恶是为了光耀上帝或为帮助他人而犯的，教会就毫不为难地予以宽恕赦免。这倒是一个强有力的论据，伯爵夫人立刻加以利用。在这一问一答中，不管是双方的心照不宣、彼此默契，还是穿教袍者擅长的存心讨好；不管是答者笨脑子的歪打正着，还是傻里傻气的助人为乐，反正这位年长的修女给这伙上流人士的阴谋帮了一个大忙。大家原以为她胆小怕事，不善言谈，这时，她却表现得甚为大胆，说起话来滔滔不绝，有时言词还很极端。神学中各种各样的疑问，从来都未能对她有所影响，她自己奉行的原则坚硬得像一根铁棒；她认定的观念从来没有动摇过，她的良心更是无所顾忌。她认为亚伯拉罕要以子祭神是极为简单正常的，只要上天一声令下，要她杀掉父母，她就会立即执行。在她看来，只要意图是光明正大的，干什么事都不会惹怒天主。她真是一个天赐的同谋者，又具有神圣的权威性，伯爵夫人正好可以大加利用，让她围绕"但求目的，不问手段"这个道德格言，作一番令人感化的宣讲。

伯爵夫人问她：

"如此说来，嬷嬷，您认为只要动机纯洁，上帝就会允许世人采取各种方式，就会宽恕任何行为本身？"

"这还有什么可怀疑的呢？夫人，有很多行为本身应该受到谴责，但因为当初的意图是纯正美好的，往往最终都成了值得称颂的事。"

她俩就这样一问一答地交谈着，共同判断上帝的意愿，预测上帝的决定，把上帝玩弄于鼓掌之间，强使上帝为一些与己无关的事情操心劳神，承担责任。

这些话讲得相当于含蓄，既巧妙又审慎。不过，这个头戴修女帽的圣女的每一句话，都在那妓女愤怒抗拒的防线上攻破一个缺口。随后，谈话稍微偏离了正题，这个戴着念珠的女士谈到她那个教派的修道院，谈到她那个修道院的院长，谈到她自己和她那个身材瘦小的同伴，即她亲爱的圣尼塞福尔修女。她俩都是受命前往勒阿弗尔,去护理医院里几百个染了天花的士兵。她对那种病的患者作了一番描绘,详细介绍了患者的病情。现在,她们两人竟被这个胡作非为的普鲁士军官截在半路上,一大批本来可以获得她们救助的患者眼见就要丧生。护理军人是她的特长,她曾经到过克里米亚、意大利、奥地利。一讲起她所经历的战役,她顿时就尽显久经沙场的修女英姿,似乎她生来就是为了随军转战,在枪林弹雨中抢救伤员的,在那种时刻,她比军队的长官更有权威,往往一句话就能镇住那些目无法纪的兵痞。的确可谓名副其实的随军修女,她那张脸蛋被天花毁容,布满了麻斑,不正是千疮百孔的战争写照?

她的发言效果极佳。她说完后,没人再有什么可说的了。

一吃完晚饭,大家很快就回房歇息,直到次日上午很晚才下楼。

午饭的气氛甚为平静。大家有意留点时间,让头天晚饭时播下的种子发芽开花。

午后,伯爵夫人提议散散步。于是,伯爵按原先商定的方案,挽起羊脂球的手臂,走在最后面。

伯爵对羊脂球说话的口气亲切随和,慈祥关爱,还夹杂着些微的轻蔑,就像一个有身份的男人对妓女说话那样,称她为"我亲爱的孩子",以自己的社会地位与无可争辩的声望居高临下地对待她,直截了当地切入要害问题:

"看来,您是宁愿让我们滞留此地了?如果普鲁士军队在战场上失利,我们就会像您一样遭受他们的种种暴行,您为什么不肯随和一点,做一次您过去经常做的事情?"

羊脂球沉默不答。

伯爵亲切地好言相劝,晓之以理,动之以情,必要时,他既懂得保持"伯爵先生"的身份,又善于大献殷勤,逢迎讨好,显得风流可爱。他说,如果她解救他们于困境之中,那真是一件功德无量的善举,他们都会对她感激不尽的。随即,他突然嬉皮笑脸,亲密地以"你"昵称羊脂球,说:"亲爱的,你要知道,事后他一定会大肆炫耀,说他尝到了人间尤物的滋味,那是在他本国尝不到的。"

羊脂球仍是一言不答,她快步追上大家。

一回到旅馆,羊脂球立即上楼回房,再出没有露面。大家都坐立不安,忧虑重重。她到底要怎么样?如果她还要抵制,拒不相从,那可就难办到了极点!

到了吃晚饭的时候,大家等她却没有等到。但见旅馆老板走进饭厅,对大家说鲁塞尔小姐身体不适,太太先生们可以先吃了。在座的都竖起耳朵。伯爵凑到旅馆老板跟前,低声问道:"行了吗?"对方答道:"行了。"为了顾全体面,伯爵对他的旅伴们什么也没说,只是轻轻地点了点头。当即,每个人都长长地舒了一口气,如释重负,全都笑逐颜开了。鸟先生欢呼道:"他娘的!我请诸位喝香槟酒,只要这家旅馆里有!"鸟太太见旅馆老板果然拿着四瓶酒来了,不禁心如刀割。这时,大家一个个都活蹦乱跳起来,又说又笑,又吵又闹,每个人心里都洋溢着一种放荡的欢快。伯爵突然发现卡雷-拉马东太太原来非常迷人,而她的丈夫棉纺厂主也正开始向伯爵夫人大献殷勤。这一席人的谈话既热烈欢快,又诙谐活泼,妙语连珠。

突然,鸟先生故作惊慌之色,举起双臂,叫了一声:"安静!"众人都不作声了,大感意外,甚至可以说吓了一跳。只见鸟先生两眼抬起望着天花板,侧着耳朵倾听楼上的动静,两手捂在嘴上"嘘"了一声,接着又抬眼望着天花板,再侧耳细听楼上动静,然后才以正常的语音对大家说:"太太先生们,请放心,一切顺利。"

超初,大家不明白他葫芦里卖的什么药,但很快就都露出了会意的微笑。

过了十几分钟,鸟先生又把刚才的闹剧重演一遍。此后,这个晚上他还重复这么闹了好几次。他还假装同楼上某个人进行对话,给对方提建议,出主意,一语双关,含沙射影,都是他那推销商的脑袋才能想得出来的。有时,他又装出一副愁眉苦脸的样子,悲叹道:"可怜的姑娘哟!"或者就假装咬牙切齿,恨恨地咕哝咕哝:"普鲁士无赖,干你的吧!"还有的时候,大家都不再想那件事了,他却以颤音又一连喊了几声:"够了!够了!"接着,仿佛在自言自语地说:"但愿我们还能见她活着回来,可别让那畜生把她搞死啦!"

这些玩笑虽然粗鄙下流,但却使大家感觉开心好笑,并未引起任何人的反感。要知道,愤怒也和其他感情一样,取决于环境氛围,而目前,在这些人周围所逐渐形成的氛围里,则充斥了猥亵淫邪的意念。

到饭后吃点心的时候,几位女士也含沙射影,讲了些一语双关、内容微妙的俏皮话。每个人的眼神都放射出异样的光芒。他们都开怀畅饮。伯爵先生毕竟不同凡俗,即使在此放任自流的时刻,仍坚持庄重矜持的风度。他打了一个深得大家赞赏的比喻,说北极的冰封期已经结束了,冰川中的一群被困者,眼见驶往南方温暖地带的水道已经畅通,无一不欣喜若狂,欢呼雀跃。

鸟先生乐不自禁,他站起身来,手举一杯香槟酒,欢呼:"为庆祝我们的解放干杯!"所有的人都起立,为他叫好喝彩。两位修女难却几位太太的盛情相劝,稍稍抿了抿她们从未沾过的这种泛泡沫的酒，品味之后说，这酒有点像柠檬水，不过味道要好多了。

鸟先生又出一妙语，把此时的情景作了一个概括：

"只可惜没有钢琴，要不然就可以跳一场四对舞。"

科尔尼代一言不发，没有任何举动。他看来沉浸在极其严肃的思考之中，有时，他狠狠拽一拽自己那一大把胡子，似乎还要将它拉长。将近午夜，大家终于要散了。鸟先生显然喝多了，走起路来便摇摇晃晃，他突然走过去拍了拍科尔尼代的肚子，含糊不清地对他说："您啦，今天晚上，您怎么不高兴，一句话也不讲，公民？"不料科尔尼代猛然抬起头，两眼射出凶光，把在座的人扫视一遍，说道："我要告诉你们这些人，你们刚才的行为卑鄙透顶！"说罢起身，走到门口，又重复了一遍："卑鄙透顶！"然后扬长而去。

这无疑是劈头一盆冷水。鸟先生十分难堪，一时呆若木鸡。不过，他很快缓过神来，镇定如常，随即，突然捧腹大笑，反复说道："葡萄太酸，老兄，葡萄太酸，自己吃不上，就说葡萄太酸。"大家都不明白是什么意思，于是，他就把"走廊里的秘密"和盘托出。众人一听，精神重振，又大大乐了一番，几位太太更是乐疯了。伯爵与卡雷-拉马东先生笑得直流眼泪。他们简直不相信有这等事。

"怎么！您敢肯定？他真要……"

"跟你们说吧，这是我亲眼所见。"

"而她，她竟然拒绝了……"

"就因为那普鲁士人就住在隔壁房间。"

"这不可能吧？"

"我向你们发誓，的确是这么回事。"

伯爵笑得喘不过气来。那位棉纺厂厂主则双手捧腹。鸟先生继续将那民主党人置于死地：

"所以，你们都明白了吧，今天晚上，他对这件事笑不出来，一点也笑不出来。"

三个男人又放声大笑，笑得肚子疼，笑得喘不过气，笑得连连咳嗽。

大家笑完，尽兴而散。鸟太太生性浑身是刺，当夫妇二人刚上床躺下，她便向丈夫指出，卡雷-拉马东太太那个"小骚货"，整个晚上都强颜欢笑，她说："你知道，女人如果是迷上了穿军装的，她就不管是法国人还是普鲁士人，反正大兵丘八全都一样。我的天啦，这还不丢人现眼吗！"

整整这一夜，在黑暗的走廊里，不断有一些轻微的动静，轻得难以察觉，有时像是呼吸的气息，有时像是光脚走过地面的声音，有时像是不易听见的房门开关的咯吱声。毋庸置疑，大家很晚很晚才睡，各个房间门下的缝隙还久久透出灯光。这都是香槟酒作祟的结果，据说，喝了香槟就睡不着觉。

第二天天气晴朗，冬天的阳光普照大地，把雪原照得明亮耀眼。驿车总算套上了马，停在门外等候。一大群白鸽子，粉红眼睛黑眸子，脖子缩在丰厚的羽毛里，庄重地在六匹马腿下踱来又踱去，啄开刚刚拉下的还在冒热气的马粪，在其中觅食。

车夫裹着一件羊皮袄，坐在车座上抽烟斗。全体旅客都兴高采烈，催促旅馆伙计快快包好食物，以备在旅途中食用。

只等羊脂球一人了。她露面了。

看起来，她有点不安，有点羞愧，怯生生朝旅伴们走去。可是，他们都不约而同地故意扭转脸去，好像根本就没有看见她。伯爵先生庄严地挽起他夫人的手臂，拉她躲开羊脂球，以避免有不干净的接触。

胖姐儿不禁愕然，停下步来，好不容易才鼓起勇气，向棉纺厂厂主的太太谦恭地道了一声："早上好，太太。"对方极为傲慢，只轻轻点了点头，瞥了她一眼，带着一种似乎自己的贞操受到了侮辱的眼神。每个人都显得很忙，都离她远远的，好像她的衣裙带来了传染病。接着，大家又急忙朝驿车一拥而去，羊脂球一人落在最后。她独自上了车，一声不响坐到她前一段旅程坐的老位子上。

大家对她都视而不见，似乎压根儿就不认识她。更有甚者，鸟太太远远地对她怒目而视，低声对丈夫说："谢天谢地，我没有挨着她坐。"

笨重的马车摇摇晃晃起来，又重新上路了。

起初，大家缄默不语。羊脂球连眼皮也不敢抬。她这时既感到气愤，恨这些同车人伪善地把她推进了那个普鲁士人的怀抱，又感到羞愧，后悔自己让了步，遭到了那家伙的玷污。

不一会儿，伯爵夫人打破这难堪的沉默，转向卡雷-拉马东太太说：

"我想，您一定认识德·埃特雷勒夫人吧？"

"是的，我跟她是朋友。"

"她真的是很迷人很可爱！她非常出类拔萃，学识极为渊博，通晓各种艺术，歌唱得好，绘画也特别棒。"

棉纺厂厂主正在与伯爵闲聊，在车窗玻璃震响的杂音中，不时可以听见息票、到期票据、手续补贴费、到期等等这些字眼。

鸟先生夫妻在玩纸牌。这副纸牌是他从旅馆里顺手牵羊偷来的，它在旅馆不干不净的桌子上蹭来蹭去已有五年之久，早已是满身油污了。

两个修女从腰带上取下长串的念珠，一同在胸前划了个十字，嘴唇随即急速地蠕动，而且越动越快，咕咕哝哝背着祈祷文，快得像是在进行比赛；她们还不时吻一吻一块圣像牌，吻完再划一个十字，接着，嘴唇重又快速地蠕动。

科尔尼代坐在那里沉思，一动也不动。

马车行驶了三个小时，鸟先生把牌收了起来，说了一声："肚子饿了。"

于是，他的老婆拿起一个用细绳扎着的食品包，取出一块冷牛肉，麻利地切成整齐的薄片，两口子就享用了起来。

"我们也吃点东西吧。"伯爵夫人说。大家欣然同意，她便打开为其余两家准备的食品包。其中有个椭圆形的罐子，盖上有一只彩釉的兔子，表明里面装的是野兔肉，那肉鲜美之至，还拌着其他的碎肉末，棕色的兔肉上还流淌着白色的油脂。食品包里还有一大块瑞士产的干酪，用报纸裹着，报纸上的"社会新闻"四个大字，还印在油乎乎的干酪上。

两位修女从包里取出一段香肠，它散发着浓浓的大蒜味。科尔尼代同时把双手插进他肥大外套的口袋里，从一个口袋里掏出四个煮鸡蛋，从另一个口袋里取出一块面包。他把蛋壳剥去，往脚下的干草里一扔，就吃起鸡蛋了，蛋黄的渣子沾在他大胡子上，就好像一颗颗星星。

羊脂球今早起床匆匆忙忙，慌慌张张，什么都没有想到，她见这些旅伴心安理得地在享用美食，不禁义愤填膺，怒火中烧，几乎喘不上气来。她火急攻心，全身发抖，一连串骂人的话已涌到嘴边，却因为气急败坏竟一句也吐不出来。

没有人看她一眼，也没有人想到她。她感到自己已被淹没在这些衣冠禽兽的轻蔑里，这些家伙先是把她当作祭品献给普鲁士人，而后又把她当作一件无用而肮脏的东西抛弃掉。这时，她想起她那只篮子，里面装了那么多好吃的东西，有两只油亮油亮的熟冻鸡，有馅饼,有梨,还有四瓶波尔多红葡萄酒,这些东西全被这几个混蛋一扫而光了。然而,绳子拉得太紧总要绷断,这时,她气到了极点,怒火却陡然平息下来。她只感到自己快哭出来了。她拼命忍住不哭,全身绷得直发僵,她像孩子似的把呜咽往肚子里吞,但泪水还是往上涌,在眼圈里闪闪发亮,终于,两颗大大的泪珠夺眶而出,顺着脸颊缓缓流下。随后,泪珠又不断地流出,在脸上淌得更快,随即一滴一滴按顺序落在她那滚圆的胸脯上,就像从岩石缝里渗出来的一颗又一颗水珠。她直挺挺地坐着,两眼呆视着前方,苍白的脸绷得紧紧的,只希望别人不要看她。

可是,伯爵夫人偏偏都看在眼里,便对她丈夫使了个眼色。伯爵耸了耸肩,似乎在说:"有什么办法呢?这可不能怪我。"鸟太太则露出幸灾乐祸的微笑,咕哝了一句:"她觉得丢脸,所以哭了。"

两位修女把吃剩的香肠卷在纸里,又开始做祈祷。

科尔尼代正在消化刚吃下去的鸡蛋,两条长腿伸到对面的座位底下,身子往后一仰,两臂交叉在胸前,微微一笑,那神情似乎是说他想出了一个捉弄旅伴的妙法子。果然,他打起口哨吹着《马赛曲》①。

大家的脸色都阴沉下来。毫无疑问,这支平民大众的歌曲,很叫他身边那几位上层人士极不高兴。他们立即就烦躁起来,恼怒起来了,一个个仿佛都要大声嗥叫,好像狗听见了手摇风琴的声音就要狂吠一阵。科尔尼代见此情状,就越是吹个没完没了,有时,还故意把歌词也唱出来:

    对祖国的爱最为神圣,

---

① 《马赛曲》,法国革命歌曲,后成为法国国歌。

将我们复仇的手臂引导支撑，
自由，自由，无比珍惜的自由，
快来跟你的捍卫者一起战斗。

  雪地硬实了一些，马车也就行驶得比较快了。但是在到达迪耶普之前，这些太太们先生们饱受了颠簸之苦，挨过了一段漫长难熬的时间，因为从夜幕初降，到马车里一片漆黑之后，科尔尼代一直在固执而残忍地吹口哨。他这单调而带有报复性的哨声，迫使那些既疲乏又恼火的旅伴，耳朵里充满了它，脑子跟着它转，并且随着每一个节拍，被迫想起相应的那些革命性的歌词。

  羊脂球一直在哭泣。夜色茫茫，有时在歌曲的两个节拍之间，传出她未能忍住的一声呜咽。

绳子
献给哈里·阿利斯

条条通过哥代维尔镇的路上熙熙攘攘，乡下人携家带口，纷纷朝镇上奔去，这天正是赶集的日子。男人们不急不慢地迈着步子，长长的罗圈腿每迈一步，整个上身就向前一窜，要知道，艰苦的劳作早已使得他们的双腿变成了畸形，耕地时，上身压犁，左肩就得耸起，身子就得歪着；收割麦子时，两膝就得叉开，以便站得稳当，此外，地头还有好些别的繁重农活也都很折磨人，如此长年累月，他们的腿也就变了样。这天，他们身上穿着蓝布罩衫，浆得笔挺，闪闪发亮，像是涂了一层清漆，领口与袖口都有白线绣的小花纹。他们上身瘦骨嶙峋，衣衫罩在身上就像胀得鼓鼓囊囊的气球，似乎将要升空而去，从气球里伸出来的，是一颗脑袋，两只胳臂，两条腿。

有些人用绳子牵着母牛或牛犊，他们的女人跟在牲口后面，用带有叶子的树枝抽打牛的两肋，赶它们快走。她们胳臂上挎着大篮子，鸡鸭的脑袋时不时从篮子里探出来。她们走起来，步子比男人小，速度却较为急促，干瘪的身子挺得笔直，她们都披着狭小的披肩，用别针别在平塌的胸前，头上紧裹着白布，上面再扣一顶无檐的便帽。

一辆设有长凳、可以载人的大车驶过，拉车的那匹矮马有节奏地跑步前进，车上并肩坐着两个男人，车里一个女人，正饱受颠簸之苦,那女的紧紧抓着车沿,以免东歪西倒。

高代维尔镇的广场上,早已是熙熙攘攘的人群,嘈杂的人声与牲畜声闹成一片。牛的犄角、富裕农民的长绒高帽与女人的头饰,在人群头上攒动。尖锐刺耳的叫喊声,吵吵嚷嚷,汇成一片喧嚣,时而,有某个快快活活的粗汉子爆发出一阵大笑,或者是一头蹲在墙角的母牛发出一声吼叫,声音洪亮,盖过了那一片喧闹。

集市上弥漫着牲口味,奶味、粪味以及草料味与汗水味,发散出人畜混杂、特别是庄稼人所特有的酸臭的汗水味,刺鼻难闻。

布雷奥泰村有个老头,名奥希科尔纳,这天一到镇上,就径直朝广场走去,正好见到地上有一小段绳子。他是个地地道道的诺曼底佬,节俭成性,心想,凡是有用的东西都该捡起来,于是,他费劲地弯下身去,因为,他患有关节炎。他从地上拾起这段绳子,正要慢慢把它卷起来时,却发现马具匠玛朗丹站在自家门口盯着他。他们两个人过去在一起做过生意,结果闹翻了,两人都心眼狭小,喜欢记仇,至今仍未和解。奥希科尔纳老头见自己从牲口粪里捡一小根绳,却被自己的冤家对头瞧个正着,不由得羞惭难当,无地自容,他赶紧把绳子塞进褂子,接着,又藏进裤口袋里,然后,假装在地上找什么东西却没有找到的样子,最后,才弯着他那有风湿病的腰,探着脑袋,朝集上走去。

他很快就汇入人流之中,赶集的人吵吵嚷嚷,缓缓流动,不停地讨价还价,非常活跃,好生热闹。那些农民用手抚摸抚摸奶牛,走过去,又走走回来,拿不定主意,唯恐上当,还偷偷观察卖主的眼神,想要识破对方的花招,挑出牲口的毛病。

农妇们将自己的大篮子放在脚前,把里面的家禽提出来摆在地上,那些可怜的鸡鸭,爪子被捆绑着,眼神惊恐,冠子通红。

她们听着买方的还价,无动于衷,表情冷冰冰的,仍然坚持自己的卖价，有时，却又蓦然改变主意，同意对方出的价钱，叫住正慢慢吞吞离去的买主，喊道：

"就这么着吧，安第姆大爷。我卖给你了。"

稍晚一点，集市上的人渐渐稀少起来，教堂敲响了午祷的钟声，住在远乡的农民纷纷前往客店。

茹尔丹客栈的大厅里，挤满了来用餐的客人，宽敞的院子里也停满了各式各样的车辆，有两辆运货车，有带篷的轻便马车，有带长凳的四轮车，有双人马车，还有好些叫不出名的手推车，车上沾满了泥泞污物，黄渍斑斑，车身变形走样，东拼一块，西补一块，有的车辕朝天，像两只胳膊，有的车头冲地，屁股上翘。

就餐的人都已经坐下，身后就是巨大的壁炉，炉火烧得正旺，把右排客人的背部烤得暖暖的。三根铁扦上都叉着小鸡、鸽子与羊腿，在炉火上转动，烤肉的香味与脆皮流油的香味，从炉膛里飘出来，叫人垂涎欲滴，兴味亢奋。

庄稼汉中的有钱人都来茹尔丹老板的店里用餐，茹尔丹既开客店，又贩卖马匹，为人狡诈，口袋里颇有几个钱。

菜肴一盘又一盘端了上来，用餐者一扫而光，黄色的苹果酒喝掉一罐又一罐。大家都在谈自己的买卖，卖出去什么，买进来什么。人们也在打听当年的收成。天气对草料很有利，对麦子来说，则雨水多了一点。

突然，屋前的场院上响起鼓声，除了个别几个人漠不关心以外，大家都站了起来，跑到门口或窗前，嘴里仍塞满饭菜，手里还拿着餐巾。

宣读告示的公差一通鼓敲罢，断断续续地一板一眼地宣读了起来："兹向哥代维尔的居民，以及所有前来赶集的乡亲们宣告，今天上午九点至十点之间，有人在伯兹维尔的大路上，遗失黑色皮夹一个，内有五百法郎及商业票据，如有拾到者，请立即送交镇公所，或送到马纳维尔的福尔菊内·乌尔布雷克老板家，拾到者将得到二十法郎的酬谢。"

公差宣读完便走了。不一会儿，在较远处又响起一通鼓声与公差的宣读声，只不过声音微弱了一些。

于是，饭厅里的人纷纷议论起这件事，有的说乌尔布雷克老板还有可能找回皮夹，有的说他不可能找回去了，众说纷纭，不能得出一致的结论。

大家用完了午餐。

正当他们在喝咖啡的时候，警长出现在店门口。

他发问道：

"布雷奥泰村的奥希科尔纳老爹在这里吗？"

奥希科尔纳正坐在一张桌子的那一头，他应道：

"我在这儿呢。"

警长接着说：

"奥希科尔纳老爹，劳驾跟我到镇公所走一趟，镇长有话要同你说。"

奥希科尔纳老头十分意外，颇为不安，他将自己那一小杯酒一饮而尽，站起身来，这时，他的腰比上午弯得更厉害了，因为，每次坐歇之后站起来行走时，他感到格外困难，他一边走，一边咕咕哝哝：

"我在这儿呢，我在这儿呢。"

他跟随在警长的后头。

镇长正坐在靠背椅上等着他。这位一镇之长，在当地以公证人为业，身体肥胖，神情严肃，讲起话来喜欢夸大其词。

"奥希科尔纳老爹，"他开腔了，"有人看见您今天上午在伯兹维尔的大路上,捡了马纳维尔的乌尔布雷克丢失的那个皮夹。"

这乡下老头目瞪口呆,望着镇长,不知道为什么,这怀疑突如其来,使得他特别恐惧。

"我,我,我捡了那个皮夹?"

"不错,就是您。"

"以人格担保,我从来就没有见到过什么皮夹。"

"有人看见您啦。"

"有人看见我?谁看见我啦?"

"玛朗丹先生,那个马具商。"

这时,老头子才猛想起来,弄明白了事情的缘由,他气得满脸通红,叫冤道:

"唉哟,原来是他,这个混蛋!他看见我捡起来的,就是这根绳子,镇长先生,您瞧,就是这根。"

说着,他从口袋里掏出了那根绳子。

但是,镇长不相信,摇了摇头,说:

"您没法叫我相信,奥希科尔纳老爹,玛朗丹是一位讲信誉的人,他怎么会把一根绳子当成一个皮夹。"

这乡下佬愤怒起来,他举起一只手,又向旁边啐了一口,表示赌咒发誓,这么说:

"我讲的千真万确,镇长先生,一点也不假,我以我的灵魂发誓。"

镇长又说道:

"您捡到皮夹之后,还在泥土里找了半天,生怕皮夹里有硬币掉在地上。"

这个老实巴交的乡下人,又气恼,又害怕,几乎说不出话来。

"怎么可以说……怎么可以说……用这种谎话,来诬陷一个好人!怎么可以说……"

他的抗议毫无用处,对方根本不信他。

于是,就安排他跟玛朗丹先生对质,玛朗丹一再重复并坚持自己的证词,他们两人对骂了足足一个小时。根据奥希科尔纳的要求,镇长在他身上搜了一遍,结果什么也没搜出来。

最后,镇长束手无策,只好把他打发走了,不过对他讲明,此案还要上报检察院,等候命令再作处理。

这件事已在镇上传开了。老头一走出镇公所的大门,就被人围上,大家纷纷向他问这问那,有的一本正经带着好奇心,有的则是嘲弄的态度。于是,他把捡绳子的经过原原本本讲了一遍。大家都不信,哄然大笑起来。

他往前走着,时而,有人将他截住,时而,他截住自己的熟人,一遍又一遍讲他绳子的事,表示愤愤不平,还将自己的口袋翻个底朝天,证明自己的清白。

听故事的人,都这么打发他了事:

"算了吧,老滑头!"

没有人相信他的话,他气愤不平,极为恼火,心里既狂躁又痛苦,不知如何是好,于是,逢人便讲自己的遭遇,没完没了。

夜幕降临,该回家了。他与三个邻居同行,向他们指出了自己捡绳子的地点,一路上,又把自己的遭遇讲了一通。

当晚,他在自己的村子里走了一圈,为的是向乡亲们诉说自己的不幸,但是,没有人信他。

他彻夜未眠,如有大病缠身。

第二天,午后一点钟光景,依莫维尔村布雷克先生的农庄上,有个名叫马里尤斯·波梅尔的长工,把皮夹连同里面的钱钞票据,送还给了失主乌尔布雷克老板。

据这个长工说，他确实是在大路上拾到的，因为不识字，所以带回去交给了自己的东家。

这个消息立即传遍了周围四乡，奥希科尔纳老头很快也就听说了。他立即到各处转悠转悠，把真相大白的故事讲给乡亲们听。他胜利了。

"当时叫我痛心的，"他这么说道，"并不是那么一件事本身，您明白吧，而是有人故意撒谎，诬陷你，让你受冤枉，没有什么比这更叫人难受的了。"

他整天都在讲自己的故事，倒苦水，在路上向遇见的熟人讲，在小酒店里向喝酒的人讲，星期日在教堂门口向做弥撒的人讲，甚至更硬拉住不相识的人讲。现在，他心情舒坦了，然而，他仍感到还有点什么东西使他不自在，而他又说不清究竟是什么。听他讲遭遇的那些人总是一副嘻嘻哈哈的神情，看上去他们并不真信他。他似乎觉得有人在他背后议论他。

到了下一个星期二，他又去哥代维尔镇赶集，一心只想在那里再讲讲自己的遭遇。

玛朗丹正站在自家门口，见他路过，便乐了起来。这葫芦里卖的什么药？

他走到克利格多村一个庄稼人跟前，又讲起自己的故事，对方没等他讲完，就在他肚皮上拍了一拍，冲着他的脸，高声说道："大滑头，得了吧！"说完便走开了。

奥希科尔纳愣住了，愈来愈感到不安。为什么人家把他叫作"大滑头"？

他来到茹尔丹老板的客栈，在桌前一坐下，又开始说道自己的遭遇。

蒙蒂维列埃的一个马贩子，朝他高声说道：

"得啦，得啦，老一套，我知道，还是你那根绳子！"

奥希科尔纳结结巴巴地说：

"那个皮夹，不是已经找到了吗？"

那马贩子说：

"别往下说啦，我的老爹，一个人捡到皮夹，另一个人又把它还回去，神不知，鬼不觉，天衣无缝，把别人蒙在鼓里。"

这乡下佬气急败坏，说不出话来。他终于恍然大悟，原来在他背后人家都认定是他捡到皮夹后，又让自己的同伙把皮夹还了回去。

他想抗议，厅里的客人却哄堂大笑起来。

他没有吃完饭，起身就走，在一片嘲笑声中离开了饭店。

他又羞又气回到家里，愤怒与羞耻堵得他憋气心慌。特别叫他气得发懵的是，凭他那诺曼底人的狡猾，他本来完全能够做得出别人指责他的那种事，甚至还可以在事后自鸣得意，吹嘘自己手段高明。他模模糊糊感到，自己是跳进河里也洗不清了，因为，大家都认定他本来就老奸巨猾。一想到这种毫无道理的偏见，他就心如刀割。

于是，他又开始诉说自己的遭遇，每次讲述，都要添油加醋，补充一些新的理由，愤怒的情绪愈来愈激昂，赌咒发誓也愈来愈厉害。这些气话狠话，都是他独自一人时心里嘀咕出来的，要知道，他日所思夜所想，只有一件事，就是那根绳子。他为自己所做的辩解愈是周密细致，理由充足，别人就愈是不相信他。

"瞧他，明明在说谎，偏偏要狡辩。"在他背后，人家都这么说。

他感觉到了这一切，忧愤相加，内心如焚。他使出全身的劲去表白辩解，却无济于事，倒弄得自己精疲力竭。

眼见他萎靡憔悴，日胜一日。

那些爱取笑的人，为了拿他开涮，老逗他讲"绳子故事"，就像请参加过战争的士兵讲述战斗故事一样。在毁灭性的打击之下，他整个精神彻底崩溃了。

十二月底，他病倒在床。

一月初，他死了，临终前，在昏迷之中，他仍在不停地表白：

"一小段绳子……一小段绳子……瞧，就在这里，镇长先生。"

我的叔叔于勒
献给阿希尔·贝努维尔先生

有一天，我们碰见一个白胡子穷老头在向人乞讨，和我同行的朋友约瑟夫·达弗朗什竟给了他一个五法郎的银币，我见此大感诧异，于是，他便向我解释说：

"这个可怜的老头，使我想起了一件往事，这些年来，它一直叫我念念难忘，我且说给你听听吧。"

我家原籍勒阿弗尔，家境不富裕，紧巴巴地过着小日子。我父亲有一份差事，每天上班要忙到老晚才能回家，但挣钱不多。家里人口不少，在我上头，还有两个姐姐。

我母亲对这种拮据的生活深感不满，她经常冲着自己的丈夫讲些尖酸刻薄的话，含沙影射、恶毒阴损地对他进行责难。碰到这种情况，我可怜的父亲总有一个习惯的动作，张开手掌去摸摸额头，似乎要抹去一滴其实并不存在的汗水，他嘴里说不出一句话来，每当见他这样，我就感到心酸，我觉得他有一种无可奈何的痛苦。在我们家，处处都得精打细算，力求节俭，有人请吃饭，我们从不敢答应，以免回请。家里的吃穿用，买的都是便宜货，商店里的清仓品。两个姐姐穿的礼服，得由她们自己去做，为了在十五生丁一米的饰带上省点钱，两人要商量好半天。

每天，全家老是吃肥油汤与仅仅调料有所变换的牛肉，据说，这么吃既卫生又有营养，可我还是宁愿吃点别的什么。

我衣服上的纽扣弄掉了，裤子撕破了，那都要挨一顿痛骂。

但是，每逢星期天，我们全家都要衣冠楚楚地到防波堤上去散步，我父亲身穿礼服，头顶礼帽，戴着手套，用胳膊挎着我母亲，母亲也打扮得五彩缤纷，就像节日里挂满了彩旗的轮船。两个姐姐早早装扮妥善，只等出发的一声令下。可是每到最后一分钟，总能在一家之主的礼服上发现一个忘了擦去的污渍，于是，就得赶快用一块旧布蘸上汽油去把它擦掉。

在对父亲进行着这番清理时，他头上仍然顶着礼帽，两只袖管褪下，露出背心，呆立在那里，等待清理完毕，而我母亲则戴上近视眼镜，把手套脱下，以免弄脏，正在为清理而忙活。

之后，全家隆重上路了。两个姐姐手挽着手，走在前头。她们都已经到了出嫁的年龄，所以双亲大人总喜欢让她们在全城人面前显摆显摆。我走在母亲的左边，父亲则在她右边。我至今还记得我父母亲在这种星期天例行散步中的庄严神态，他们一本正经，举止凝重，腰板笔挺，双腿绷直，如此这般跨步前进，似乎他们的仪态决非小节，而是关系到某种宏图大业。

每个星期天，只要看见从远方陌生国度驶回的巨轮进港，我父亲总要一字不差地发出同样的感叹：

"唉，要是于勒在这条船上，那该叫人多么惊喜呀！"

我父亲有一个弟弟，即我的叔叔于勒，从前他是全家的祸害，后来则成了全家唯一的指望。我从小就听家里的人谈论他，对他非常熟悉，我觉得只要一见面也许就能认出他来。他动身去美洲之前的生活底细，我全都听说，尽管家人在谈起他那一段生活时，总是压低了声音。

据说，他以前不务正业，也就是说，挥霍过一些钱财，这对穷人家庭来说，要算是莫大的罪过，但对有钱人家而言，吃喝玩乐只不过是糊涂、没脑子而已，旁人顶多笑称他为花花公子。若是生活困苦人家的一个孩子，逼得自己的父母耗尽了家里的储蓄，那简直就是一个坏蛋，一个无赖，一个流氓了！

虽然，同是败家行径，但有差异，理应有所区分才是，因为一个行为的善恶是非，要视其后果影响而定。

总之，于勒叔叔把自己应得的那份遗产败得精光后，还将我父亲所指望的那一部分侵蚀掉不少。

按当时的惯例，他被送上一艘从勒阿弗尔驶向纽约的商船，被打发到美洲去了。

一到美洲，我的这位于勒叔叔就做起了说不清的什么买卖，不久，他写信回家说他已经赚了点钱，并希望补偿我父亲因他而受的损失。这封信使得全家人激动万分。于勒，过去被大家认为一钱不值的于勒，如今摇身一变，成了一个正直的人，有良心的人，一个达弗朗什家合格的成员，跟达弗朗什家任何人一样，诚实正派。

此外，我们还从一个船长那里得知，于勒盘下了一个大铺面，做起了大生意。

两年以后，我们又收到了第二封信，信上说："我

"亲爱的菲力普,此信为报平安,以免长兄为小弟的健康担心。我一切皆好。弟明日即去南美洲作长期旅行,长兄或许好几年难得弟的音讯,如弟未能及时通报,长兄不必多虑。一旦弟事业有成,即将返回故里,但愿为期不久,你我兄弟届时欢聚一堂……"

他这封信成了家里的福音书,一有机会,我们就拿出来念念,碰见熟人,就拿出来展示展示。

果然,十年之内,于勒叔叔再没有来过信,但随着岁月流逝,我父亲的期望却与日俱增,我母亲也常这么说:

"等我们的好于勒回来了,家里就会富裕的,总算这一家子出了一个能人!"

从此,每个星期日,我父亲望见从天边驶近的巨轮,在天空中留下长龙般的黑烟时,总要重复他那句老话:

"唉,要是于勒就在这条船上,那该多好!"

而当此时,我们也都似乎看见于勒在船上挥动着手帕,朝我们喊道:

"喂,菲力普!"

他必将满载而归,我们对此作了种种规划,甚至打算用于勒叔叔的钱,在安古维勒附近的乡村购置一所别墅,我猜想我父亲很可能已就此进行过洽谈。

我大姐已经二十八岁了,二姐只小两岁,两人都在等着出嫁,这是全家的一大愁事。

终于有人来向二姐求婚了。他是个公务员,并不富有,但正派体面。我总觉得,这个青年人之所以终于下定决心向我二姐求婚,是因为有一天晚上,我们给他看了于勒叔叔的那封信。

我们家赶紧答应了他的求婚,并且决定,婚礼后,全家到泽西岛去作一次旅游。

泽西岛是穷人旅游的理想去处。它并不远,坐小轮船渡海,即可到达。小岛属于英国人,到了那里,就算出国到了异邦。也就是说,一个法国人,只要坐上两个钟头的船,就可以将邻国风光尽收眼底,还可以置身其中研究研究那个飘着英国旗的小岛上的风俗民情,不过,据那些直言不讳的人说,岛上的民风实在是没法恭维。

到泽西岛去旅行,成了我们全家唯一的期望,无时无刻不在的梦想,成了我们朝思暮想的大事。

盼来盼去,总算盼到了出发的一天。今天我回想当时的情形,就像昨天刚发生过的事。轮船在格朗维尔码头生火待发。父亲心神不定,慌乱失措,紧张地盯着我们将三个包袱带上船,母亲则不安地紧抓着我未婚大姐的胳膊。自从二姐出嫁后,大姐就像鸡窝里剩下的一只小鸡,形影孤单,似乎有点失魂落魄了。在我们身后,是一对儿新婚夫妇,他们总是落在后面,使得我不时回头去看看。

轮船拉响了汽笛。我们都已经上了船。这时轮船离开堤坝,向海洋远处驶去,风平浪静,海面像绿色大理石一般平整。我们看着海岸迅速朝后退离,莫不洋洋得意,神采飞扬,就像很少出门旅行的人那样。

我父亲在礼服下挺着他的大肚子,这礼服上原有的污渍,当天早上经过家里人的仔细擦拭,都清除掉了,此刻,他随身发散着出门的日子惯常有的汽油味,每当我闻到这股气味,我就知道是星期天了。

突然,他看见两位先生在请两位漂亮的太太吃牡蛎。一个衣衫褴褛的老水手用小刀把牡蛎一一剖开,递给两位先生,再由他们转手给两位太太。太太们享用的姿势很优雅。先用一块精美的手帕将牡蛎托起,再将嘴微微前伸,以免弄脏自己的衣裙。接着,嘴唇又轻又快地一吸,把鲜美的汁液吸得精光,然后将空壳扔进海里。

我父亲显然被如此雅致的景象所打动,在行驶着的海船上吃牡蛎!何其高尚文雅,多么风光!于是,他走到我母亲与两个姐姐身边,问道:

"我请你们吃牡蛎,怎么样?"

母亲舍不得花钱,甚为犹豫,但两个姐姐立即就同意了,母亲怏怏不乐地说:

"我怕吃了胃不舒服,只给孩子们买点吧,但别吃太多,吃多了会生病。"

说着,她转身向着我,说:

"约瑟夫嘛,就不必吃了,别把男孩子惯坏了。"

于是,我就只好留在母亲身边,对她此种区别对待甚为愤愤不平,我盯着我父亲,见他郑重其事地领着两位千金和那乘龙快婿,朝那个衣衫褴褛的老水手走去。

那两位太太刚好离开,我父亲就向我两个姐姐讲解如何吃牡蛎才能不流失掉鲜汁。他拿过来一只,要给她们做示范动作。他试着模仿那两位太太时,不小型把牡蛎的汁液全滴在了他的礼服上,于是我听见我母亲咕哝了一句:

"他还是老老实实待着最好。"

但是,父亲突然显得不安起来。他从那儿退离了几步,眼睛盯着拥挤在卖牡蛎老头周围的女儿女婿,然后,

骤然朝我和母亲走来。他脸色煞白,目光也很古怪。他小声对我母亲说:

"天大的怪事,那个卖牡蛎的人怎么这样像于勒呀。"

母亲愣住了,她问:

"哪个于勒?"

父亲回答:

"就是……我的弟弟……若不是我知道他眼下正在美洲春风得意,我险些真以为是他。"

母亲也慌了起来,结结巴巴地说:

"你真疯了!明明知道那不是他,为啥还说这些蠢话?"

但父亲还钻牛角尖,说:

"你还是去看看吧,克拉丽丝,眼见为实,最好你自己去看个究竟。"

听此话,母亲就起身走到两个女儿那边去,这时,我也盯着那个人直瞧。他又老又脏,满脸皱纹,两眼直瞧着自己手里的那点活儿。

我母亲回来了,我发现她在发抖,她急促地说:

"我想就是他,你等会儿去向船长打听打听。可一定要特别小心,别让那无赖再来拖累我们。"

父亲立即就去了,我也跟着他,心里翻腾得特别厉害。

船长是个高个子,干瘦干瘦的,蓄着长长的络腮胡,正在甲板上散步,那不可一世的神气,就好像他是在指挥一艘开往印度的巨型邮轮。

我父亲走上前去，客客气气地与他搭讪，在问他行业营生情况的时候，又故意讲些恭维奉承话：

"泽西岛有什么重要性？岛上的物产有哪些？人口有多少？风土人情如何？土质状况怎样？……"

他俩这么谈着，旁听者真以为是在谈论美国的事呢。

后来，话题终于绕回到我们乘坐的这艘"快速号"上，又谈到了船上的人员，父亲终于惴惴不安地发问：

"您船上那个卖牡蛎的，看起来挺有趣，您知道这个人的一些事吗？"

船长终于对这番谈话感到不悦了，他冷冷地回答：

"他是个法国老流浪汉，去年，我在美洲碰见他，就把他带回国来。据说他还有亲戚在勒阿弗尔，但他不愿去见他们，因为他欠了他们一些钱，他的名字叫于勒……姓达芒什，或者是姓达旺什，反正大同小异，就这么个姓，似乎他在美洲的时候，曾经一度很有钱，可是，您瞧，他如今落到了什么地步。"

我父亲的脸色变得惨白，眼神惊慌不安，嗓子梗住，说不出话来：

"啊！啊！好的……很好……这不奇怪……谢谢您，船长。"

他说完赶紧就走，船长见他急忙离去，感到莫名其妙。

父亲回到母亲身边，脸上惊慌失色，母亲忙安抚他：

"快坐下，别让旁人看出来了。"

父亲一屁股坐在长凳上，结结巴巴地说：

"是他，真是他。"

接着就问：

"我们怎么办？"

母亲不假思索就答道：

"必须把孩子们支开。约瑟夫既然已经全知道，就让他去把他们领回来，千万要小心，别让女婿知道这件事。"

父亲好像吓呆了，喃喃自语说：

"真是飞来横祸！"

母亲突然变得非常愤怒，说：

"我早就知道这个骗子干不成任何正经事，早晚会来拖累我们，谁能指望达弗朗什家的人会有点出息。"

父亲伸手抹抹额头，就像他每次挨太太的骂时那样。

母亲接着又说：

"给约瑟夫一点钱，叫他赶快去把吃牡蛎的钱付清。现在，只差被那个乞丐认出来了，真被他认出来，这船上就有热闹好看了。我们赶紧到船的那一头去，别让那家伙靠近我们。"

她站起来，交给我一枚五法郎的银币后，就和父亲两人走开了。

两个姐姐正在等父亲，见他不来正在纳闷。我对她们说，母亲有点晕船，然后就问那个卖牡蛎的：

"该付您多少钱，先生？"

我这时真想叫他一声叔叔。

他答道：

"两法郎五十生丁。"

我瞧着他的手，那是一个水手满布皱褶的手，我又瞧

他的脸,那是一张衰老凄苦的脸,愁云密布,疲惫不堪,我心里默想着:

"这是我的叔叔,我父亲的弟弟,我的亲叔!"

我另给了他十个铜子的小费。他向我道谢:

"上帝保佑你,我年轻的先生!"

他说这话,带着一个穷人得到施舍时的那种声调,我想,他在美洲时一定讨过饭!

两个姐姐一直看着我,对我的慷慨大方感到惊奇。

当我把剩下的两法郎还给父亲时,母亲诧异地问道:

"怎么花了三个法郎?这不可能。"

我理直气壮地宣称:

"我给了他十个铜子的小费。"

母亲吓了一跳,她两眼瞪着我:

"你简直就是疯了!把半个法郎给了那个家伙,给了那个无赖!"

她猛烈一下就打住了,因为我父亲指着女婿朝她使了个眼色。

于是,大家都一声不吭了。

这时,在前方,一个紫色的阴影,从天边的海面上露了出来,那就是泽西岛。

当轮船驶近堤岸时,我心里产生一股强烈的愿望,想再去看一看我的于勒叔叔,想走近他身边,对他讲些温情的话,安慰的话。

但是,由于这时再没有人去吃牡蛎,他也就撤走了,他一定是回到他栖身的底舱里去了,那该是一个臭气熏天的地方。

我们回来时，为了不再碰见他，改乘了圣-马洛号轮。自打重逢以后，我母亲一直忧心忡忡，焦虑不安。

从此以后，我再也没有见过我父亲的这位老弟！

您以后还会见到我拿出五法郎的银币施舍给流浪汉，为什么呢？原因就在这个故事里。

一家人

开往纳伊的市内小火车过了马约门，正沿着林荫大道向塞纳河岸驶去。小车头拉着一节车厢，鸣着汽笛驱开挡路的车辆行人。它直喷蒸汽，像一个人在急速奔跑，上气不接下气，呼哧呼哧喘个不停。它的活塞里发出快节奏的响声，好似火车的铁腿在跑动。夏天傍晚的闷热笼罩着大道，虽然没有一丝风，路面上却扬起粉笔灰似的白色尘土，浓厚、呛人而且热烘烘的，还黏附在人的皮肤上，迷住人的眼睛，甚至钻进人的五脏六腑。

家家户户的门口，都有出来透透气的居民。

车上的玻璃窗都大敞着，车速很快，窗帘在疾风中飘扬。车厢里的乘客寥寥无几，因为天气闷热，大多数乘客都爱待在顶层和车厢外的平台上。一部分乘客是打扮得俗里俗气的胖太太，属于住在郊区的小市民，就靠装腔作势来代替自身所缺乏的高雅气质。另一部分乘客是腻烦了办公室生涯的公务员，由于长期伏案工作，脸色蜡黄，腰弯背驼，肩膀一边高一边低。他们愁苦憔悴的面容，表明他们上有老下有小，负担沉重，经济拮据；也表明他们早年的希望已经彻底破灭，如今加入了衣衫破旧的穷人行列。他们在巴黎边缘当垃圾场用的田野安家，住在刷了白灰的破房子里，门口一块花坛就算是自家的花园，日子嘛，当然是省吃俭用，过得紧巴巴的。

紧挨车门，坐着一个矮胖的男子。他脸颊臃肿，大腹便便，直垂到双腿的叉开之处。他一身黑色服装，佩戴着勋章绶带，正在同一个身材瘦长的人聊天。此人不修边幅，穿一套脏乎乎的白色斜纹布服装，戴一顶旧兮兮的巴拿马草帽。那矮胖子说话慢吞吞的，有时真像个结巴，他是海军部主任科员卡拉望先生。那瘦高个子从前在商船上当卫生员，后来在古尔博瓦圆形广场附近定居，利用他漂泊了一生之后仅余的那点浅薄的医学知识，给当地穷老百姓治病糊口。他姓舍奈，要人家称呼他"大夫"。关于他的为人品行，当地颇有不少流言蜚语。

卡拉望先生一直过着循规蹈矩的公务员生活。三十年来，他天天早晨去办公室上班，走的是同一条路，在同一个时间，同一个地点，遇上同一批上班族，傍晚下班，还是走同一条路，遇上同一批眼见着日渐衰老的面孔。

每天早晨，他在圣奥诺雷区的大街口，花一个苏买一份报纸，再买两个小面包，然后走进部里大楼，那神态就像一个投案自首的罪犯。他急匆匆地赶到办公室，心里惶惶不安，总是担心自己的工作有什么疏忽而会受到斥责。

他这种单调的生活规律，从来没有发生过什么变化，因为除了办公室里的事务，除了升级与奖金，他什么都不关心。从前，他就不在乎嫁妆，娶了一位同事的女儿。长期以来，他不论是在部里还是在家里，都只谈论公务。他那点脑子，早已在办公室枯燥的日常事务中萎缩了，如今除了与部里有关的事情之外，他再也没有其他的计划、希望与梦想了。不过，虽然他对自己的公务员生涯知足常乐，但总掺杂着一种扫兴的苦涩感，那是因为一些海军军需官，军装上有几杠白条纹，被人称为"白铁匠"，他们光凭这一点，一调进部里就当上副科长或科长，对此，他与妻子都愤愤不平。每天吃晚饭的时候，他就大发议论，列出种种理由，证明将巴黎的官职如此轻易地给了那些本应航行在海上的人，无论从哪个角度来说，都是极不公平的。

韶光易逝，不知不觉中，他已经老了。早年，自打出了校门，就直接进了衙门，他在学校里见了就发抖的学监，后来换成了他怕得要命的上司。他只要一到那些办公室暴君的门口，就浑身上下直打哆嗦。由于长期处于这种惶恐不安的状态，他也就形成了猥琐可笑的举止习惯，见了人就局促不安、低声下气，说起话来则神经质地直结巴。

他对巴黎的了解少得可怜，那个每天由狗领到同一个门檐上乞讨的瞎子都比他知道得多。他从一个苏一张的小报上，也读到一些社会消息与桃色新闻，但认为纯系杜撰编造，是专供小职员消遣解闷的。他一贯奉公守法，是一个没有鲜明观点的保守派，但对"新事物"还是有强烈憎恨的。凡是报上的政治新闻，他一概跳过不看。不过，话得说回来，那份小报在这方面作报道时，总要为了某一方收买者的需要而歪曲事实。每天傍晚，他沿着香榭丽舍大街步行回家，望着熙熙攘攘的行人与川流不息的车马，那神情就像一个来自遥远国度的异乡旅客。

这一年，卡拉望先生按规定服务三十年的期限满了。一月一日那天，他因此而得了一枚荣誉团勋章。须知，在这种军事化的机关里，那些被缚在绿皮卷宗上的公文奴隶，经过长期悲惨的苦役，也就是"竭诚效力"之后，就会获得此种奖赏，这一出乎他意料的荣誉，使他对自己的才干刮目相看，评价更高，同时也彻底改变了他的日常习惯。从那以后，他不再穿杂色的裤子和不伦不类的上装，而换上黑色的礼服与裤子，这样才跟勋章宽宽的绶带般配协调，相得益彰。与此同时，他每天早晨都要刮脸，仔仔细细地修指甲，隔一天就换一件衬衫。总之，眨眼之间，卡拉望就像换了一个人，衣着整洁,神气十足但又平易谦和,而所有这一切,他都是出于对国家"勋位团"的尊重,出于一种合情合理的团体精神,要知道,他本人就是这团体中的一员呀!

他在家里,总喜欢把"我的勋章"挂在嘴边。他这种自豪感极度膨胀,甚至不能容忍别人在扣子眼儿上挂任何别的勋章,见了外国勋章更是火冒三丈,他认为:"根本就不应该允许他们在法国佩戴出来。"他特别反感每天傍晚在小火车上遇见的舍奈"大夫",此人居然也总挂着一种勋章绶带,白不白蓝不蓝、黄不黄绿不绿的,说不上是个什么玩意儿。

从凯旋门到纳伊这一段路,他们两人交谈的话题大同小异。这一天与往常一样,先是谈论本地区的种种弊端,对所有这些,他俩都甚为憎恶,但区长却熟视无睹,不闻不问。接着,卡拉望把话题转到疾病方面来。与医生结伴同行,这是自然而然的,他指望在闲聊中能免费拾些牙慧,得些指点,只要不着痕迹,问得巧妙,说不定等于能得到一次诊断。何况,他近来很替他母亲的健康状况担心。她时常昏厥过去,隔许久才苏醒过来。她年已九旬,偏又不肯求医就诊。

母亲已经老了,卡拉望一说起就要大动感情,他一再对舍奈"大夫"说:"您能经常见到这么高寿的人吗?"说着,就喜滋滋地搓搓双手,这倒不见得是他希望老母亲永远活在世上,而是因为他母亲的长寿,也是他本人将长寿的预兆。

他接着说:"哈哈,我们家的人都长寿,因此,我敢肯定,如果不出意外,我会活得很老。"

老卫生员向身边的这位伙伴投去怜悯的一瞥,再打量打量对方红光满面的脸、肥嘟嘟的脖子,垂在两条肉乎乎大腿上的大肚子,还有那容易中风的圆滚滚的体形,然后掀了掀扣在头上的那顶灰不溜秋的巴拿马草帽，嘿嘿地一笑，回答说："老兄，不见得吧，您母亲身体干瘦干瘦，而您却胖得像个皮球。"卡拉望窘得发慌，便一声不吭了。

这时，小火车到站了。两个同伴下了车。舍奈先生提议到对面他俩常去的那家环球咖啡馆去，请卡拉望喝一杯苦艾酒。老板跟他们挺熟，隔着柜台上的酒瓶伸出两根手指，他们握了握，然后走过去，瞧瞧从中午起就一直在那里玩多米诺骨牌的三个牌友。大家彼此热烈地互致问候，又少不了打听打听"有何新闻"。然后，牌迷们继续玩牌。待这两位告辞时，他们头也不抬，只把手伸过来，他俩握了手，就各自回家吃晚饭了。

卡拉望住在古尔博瓦广场附近的一所三层小楼里，楼下开了一家理发店。

他的住宅里有两间卧房、一间饭厅和一个厨房，几把修理过的椅子要按需要在几个房间里搬来搬去。卡拉望太太的时间几乎都花在打扫房间上了。十二岁的女儿玛丽·路易丝与九岁的儿子菲利浦·奥古斯特，则整天在街边的泥坑里，跟本街区的顽童嬉闹玩耍。

卡拉望的母亲被安置在楼上。她在附近这一带以小气而出名，而她本人又精瘦精瘦的，所以有人说，上帝把他老人家自己精打细算的原则全都用在她身上了。她脾气很坏，没有一天不跟人吵架，不大发雷霆的。她从窗口里大骂站在自家门前的邻居，大骂蔬菜贩子、清道夫与孩子。孩子们为了报复，就在她出门的时候，远远跟随其后，高声叫喊："老——妖——精，老——妖——精！"

家里雇了一个女佣，专干家务活。她是个矮小的诺曼底人，粗心大意到简直令人难以置信。她睡在三楼，就在老太太的旁边，以防老人有三长两短。

卡拉望回到家中时，他那有洁癖的妻子，正在用一块法兰绒擦拭那几把散放在空荡荡的几间屋里的红木椅子。她总是戴着线手套，头上扣着一顶便帽，缀在帽子上的五颜六色的缎带，时时滑落到一侧耳朵上，她老是打蜡呀、擦拭呀、洗呀、刷呀，每每被人撞见时，就总是这么说："我不是有钱人，我家里的陈设很简单，我的奢华就是洁净，这可不亚于其他种类的奢华。"

她生来就讲求个实在，而且固执己见，在大大小小的事情上，都是她向丈夫发号施令。每天晚上，先是在饭桌上，而后又在床上，两夫妻都要喋喋不休地议论办公室的事。虽然丈夫比妻子大二十岁，但是如同向神父作忏悔一样，什么事都告诉她，并且还得遵照她的意见去行事处世。

卡拉望太太从来就没有漂亮过，她原本又矮小又干瘦，现在更称得上是丑陋了。这也怪她不会打扮，如果穿戴得体，她那点很有限的女性特征，也可以巧妙地有所凸显，然而现在却被她自己的不当弄得不见踪影。她的裙子总是穿歪了，扭向一边。她还爱在身上东抓抓西挠挠，不管是什么地方，也不管是什么场合，这种习惯已经成为了一种怪癖。在家里，她通常戴着一顶软帽，帽上缀着一大簇丝绸彩带，她觉得这是唯一适合她的打扮，自认为这样很美。

一瞧见丈夫回来，她立刻站起来，亲了亲他的颊髯，说："亲爱的，你还想去波坦百货店吗？"他原本答应过妻子到那店里为她办一件事，这是第四次忘得一干二净了。妻子一问，他简直就吓坏了，一下就倒在椅子上。他说："太糟了，这件事我惦记了一整天，可是没有用，一到后半响还是忘掉了。"看他的确是一副很难过的样子，妻子就安慰道："你明天别忘记就是了。怎么，部里没有什么新闻吗？"

"怎么会没有呢？又有一个白铁匠被任命为副科长了。"

他妻子的神情猛然一下肃穆起来：

"是哪一科？"

"国外采购科。"

妻子立即就火了：

"这么说，是接替拉蒙的职位了？这正是我想要你得到的位子。拉蒙呢？他退休了吗？"

卡拉望讷讷地答道：

"他退了。"

妻子火冒三丈，头上的软帽滑到了肩头上，她泄愤着说：

"完了，瞧吧，这个鬼地方，现在一点指望也没有了。你说的那个军需官姓什么？"

"博纳索。"

她把存放在手边的海军年鉴拿过来一查，念道：

"博纳索，上校，一八五一年生，一八七一年任见习军需官，一八七五年任助理军需官。"

"他出过海吗？"

卡拉望听此一问，愤怒的情绪消释了，笑意骤然而生，直乐到心坎里去了。他答道："同巴兰一样，同他的上司巴兰完全一样。"接着，放声笑了起来，讲起他那个部的人都觉得妙不可言的笑话："派他们俩去视察黎明军港，千万别走水路，他们即使乘小火轮，也会晕船的。"

但妻子仍然板着脸，对这个笑话似乎充耳不闻。过了片刻，她慢吞吞地挠着下巴，喃喃道："要是认识一个议员就好了，一旦议会了解部里发生的这一切，部长非下台不可……"

从楼梯口传来一阵吵闹声，打断了她的话。玛丽·路易丝与菲利浦·奥古斯特从街上的泥坑里回来了。姐弟俩每上一级,都要你打我一个耳光,我踢你一脚。母亲大为恼火,冲了过去,抓住两人的胳膊,使劲摇晃,一把将他们推进屋里。

两个孩子一见父亲,立即就扑了上去。父亲慈爱地搂着他们亲了亲,然后,让他们坐在他膝上,跟他们谈心。

菲利浦·奥古斯特是个丑孩子,头发蓬松,像堆乱草,从头到脚都脏乎乎的,而且一脸傻相。玛丽·路易丝长得像母亲,说话也像母亲,爱重复她的话,甚至还模仿她的手势。小姑娘也这么发问:"部里有什么新闻吗?"而做父亲的,则快快活活地答道:"丫头啊,你的朋友拉蒙,也就是每个月都来吃饭的那位先生,很快就要离开我们了,有位新任副科长要接替他的职位。"小女孩抬眼看了看父亲,以早熟孩子那种同情的口吻说:"这么说,又有一个人踩着你的后背爬上去了。"

父亲收起笑容,未作回答,接着就岔开话题,问正在擦玻璃窗的妻子:

"妈在楼上好吗?"

卡拉望太太停下来,转过身去,把滑到背上的软帽扶正,嘴唇颤动着说:

"哼!好吧,咱们来谈谈你妈吧,她可真是好样的!你想想看,理发匠的老婆勒博丹太太,上楼来找我借一包淀粉,正巧那时我出去了,你妈就骂人家是'要饭的',把人家撵走了。我回来就把老太婆狠狠说了一顿。她跟往常一样,别人一说到她的不是,就装聋作哑,其实,她不见得比我耳背,是不是?她那是在装模作样。我这么讲是有根据的。她当时什么话都不说,立刻就赌气上楼回自己房间去了。"

卡拉望甚为尴尬,沉默不语。这时,女仆跑来通知饭已准备好了。于是，卡拉望拿起藏在墙角的一根扫帚把，往天花板上捅了三下，通知母亲下楼就餐。然后，大家来到餐室里，卡拉望太太把汤分好，等老太太下来。可是，等得汤都凉了，还不见下来，他们就只好先慢慢吃了起来。每人的汤喝完了，他们又等。卡拉望太太一不耐烦，就真的火了，便拿丈夫撒气："你瞧瞧，她是在成心闹别扭，可你老是偏袒她。"卡拉望左右为难，没有办法，于是打发玛丽·路易丝去请奶奶，自己则垂着目光，坐在那里没有动。他的妻子则气鼓鼓地用餐刀的尖端，不断敲打着酒杯的杯脚。

门突然打开，只有小女孩一个人跑回来，脸色煞白，惊慌失措地说："奶奶倒在地上啦！"

卡拉望一下蹦了起来，把餐巾往桌上一扔，跑了出去，楼梯上响起了他"通通通"的脚步声。他太太认定婆婆是在玩花招，轻蔑地耸耸肩，慢吞吞地跟着上楼。

老太太直挺挺地趴在房间中央。儿子将她的身子翻过来，只见她那张面孔毫无知觉，没有表情，皮肤发黄，遍布皱纹，双目紧闭，牙关紧咬，一动也不动，那干瘦的躯体已经僵硬了。

卡拉望跪在她身边，呜咽着："我可怜的妈妈呀！我可怜的妈妈呀！"

但是，他的妻子仔细端详了一会儿，蛮有把握地说："得啦，没有什么事，又是昏过去了。不用说，就是不想让我们吃晚饭！"

夫妇二人把老太太抬到床上，脱掉衣服，再加上女佣人，一齐给她按摩，费了半天的劲，仍不见她苏醒过来。于是，他们便打发女佣人罗萨莉去请舍奈"大夫"。他住在河边，靠近苏雷恩，路很远，等了好久，他才赶到。他检查了一番，号了号脉，拍了拍老太太，大声宣称："人不行了！"

卡拉望扑到母亲身上，号啕大哭，哭得全身直发抖。他拼命吻母亲僵硬的脸，大颗大颗的眼泪，像下雨一样纷纷落在死者的脸上。

卡拉望太太的悲痛发作得适度而又得体，她站立在丈夫的身后，轻声地哭泣，用手揉着眼睛。

卡拉望的脸肿胀得更大了，稀疏的头发也全乱了，悲痛欲绝使得他的面相显得十分丑陋。他猛然站起来，说："真的……大夫，您有把握……您有绝对的把握吗？……"

卫生员连忙走过去，以行家里手的熟练动作摆弄着尸体，就像商贩夸耀自家的货物一样，说道："喏，老兄，你瞧瞧这眼珠嘛。"他翻开老太婆的眼皮，手指下露出的那颗眼珠，看上去并无变化，只不过瞳孔好像大了一点儿。

卡拉望心如刀割，吓得浑身发软。舍奈"大夫"先抓起老太婆那肌肉已经缩拢的胳膊，用力掰开她的手指，就像面对一个抬杠者那样气冲冲地对卡拉望说："您自己瞧瞧这只手嘛，尽管放心吧，我是绝对不会看走眼的。"

卡拉望又扑到床上打滚，像牛一样在哀号。这会儿，他妻子一边装作仍在啜泣，一边料理她该做的事。她将床头柜挪过来，铺上一块台布，放上四根蜡烛，点着以后，又从壁炉台上取下吊在镜子后面的一根黄杨树枝，搁在四根蜡烛之间的一个盘子里。没有圣水怎么办，盛满在盘子的清水就算是吧。不过，她略微考虑了一下之后，又捏了一小撮盐放进清水里。毫无疑问，她以为如此这般，就算是完成了临终法事。

她布置了灵堂之后，就站在那里不动了。卫生员帮她摆这摆那安排停当后，低声提醒她说："应当把卡拉望先生拉开。"她点头同意，走到一直跪在那里痛哭的丈夫身边，同舍奈先生一人架一只胳膊，将他搀扶起来。

两人先扶他坐在椅子上。妻子吻了吻他的额头，便开导起他来。卫生员也在旁边帮腔。他们劝他要认命，要节哀，要坚强振作，殊不知他们开出的这几味药，正是大悲大痛的人难以消化的。于是，这两人又重新搀起他，把他领出去。

　　他像一个胖孩子一样，抽抽噎噎，浑身绵软，双臂耷拉着，两腿无力。他跟着他们走下楼，却浑然不知自己在做什么，只是机械地迈着脚步。

　　他们扶他坐在他平日吃饭坐的那把椅子上，餐桌上还放着几乎空了的汤盆，汤匙仍浸在汤脚里。他坐在扶手椅上一动也不动，眼睛直勾勾地盯着酒杯，脑子里一片空白。

　　卡拉望太太在角落里跟舍奈先生谈话，打听该办哪些手续，了解办丧事方方面面的事情。舍奈好像还在期待着什么，最后他抓起帽子，说他还没有吃晚饭，行了个礼表示要走，卡拉望太太高声地表示意外：

　　"怎么，您还没有吃晚饭吗？那就留下来，留在这里吃吧！有什么吃什么，不必客气，您知道，我们家从来都吃得很简单。"

　　"大夫"婉言推辞，卡拉望太太执意留客：

　　"您这是为什么呢？请您还是留下来吧。在这种时刻，有朋友在身边，真是万幸。再说，您劝劝我丈夫，他也许会吃点东西，他真需要补充补充，恢复点气力才行呀。"

　　"大夫"躬身从命，把帽子放回家具上，答道："既然如此，太太，我就只好领情啦。"

　　卡拉望太太向吓昏了头的罗萨莉吩咐了一番，自己也坐到餐桌前，说是要"陪陪大夫"，自己"装装样子，也得吃点东西"。

　　他们把已经凉了的剩汤都喝掉了。舍奈先生还添了一次。接着，端上来一盘里昂风味的牛肚，散发着一股洋葱的香味，卡拉望太太也决定尝一尝。舍奈"大夫"赞道:"好吃极了。"主妇笑了笑说:"是不错吧?"然后扭头对丈夫说:"你也吃点吧,我可怜的阿弗雷特,哪怕只是垫垫肚子也得吃点呀,想想吧,你还得熬夜呢!"

卡拉望温顺地把餐盘拿过来,开始吃了,现在,他凡事顺从,既不抵制也不思考,即使是让他上床去睡,他也会听命照办的。

舍奈"大夫"自己动手,往自己盘子里添了三次;卡拉望太太也不时用叉子叉一块牛肚,装出心不在焉的样子吃下去。

接着又上了满满一盆通心粉,"大夫"再次喃喃赞道:"哟,这真是好东西!"这回,卡拉望太太给每人都足足分了一份,连小孩的盘子里也都盛满了。两个孩子就搅和着往嘴里塞,有时趁人不注意,还偷喝原汁葡萄酒,并且在桌子底下互相踢脚。

舍奈先生突然想起罗西尼喜爱意大利通心粉,没头没脑来了这么一句:"嘿,还挺押韵的呢,可以写一首诗嘛,就这么开头好了:

罗西尼这音乐家
爱吃通心面粉条……

谁也没注意他在说什么。卡拉望太太忽然间心事重重,她在考虑这次突发事故会引起哪些后果。她丈夫则把面包一块块揪下来,搓成一个个小面团,摆在餐桌上,然后两眼死死地盯着,全然一副白痴的神情。他觉得嗓子眼里干得火辣辣的,于是,一次又一次地把斟得满满的葡萄酒一饮而光。他的脑子经受了这场打击与悲痛,本来就已经是乱糟糟的,现在更是晃晃悠悠,就像暴饮暴食后肠胃堵塞、昏昏欲睡之时飘飘然的那种感觉。

舍奈"大夫"不再客气了，喝起酒来像个无底洞，他显然已经醉了。卡拉望太太经过这一阵子神经紧张之后，不免焦躁不安、心烦意乱，虽然只喝了些清水，却也感到脑袋晕乎乎了。

舍奈先生闲聊起几户人家死了人的情况，在他看来，那都很不近人情的。因为在巴黎郊区，住的全是外省人，他们还保留了乡下人对死者的那种冷漠的态度，即使死的是自己的亲爹亲娘。固然，在乡下人中，这种对死者的不敬、这种自己也没有意识到的冷酷无情，是极为常见、不足为奇的，但在巴黎就十分罕见了。他说道："喏，我就碰上了，上周，普托街有户人家来请我，我连忙赶去，一看，病人已经咽气了。可是，家属们却在床榻旁边喝茴香酒，那是头天晚上专为临终病人买来给他过瘾的，这一家子人还非得从从容容喝光这一瓶才肯罢休。"

然而，卡拉望太太根本没有在听，她心里正在想着遗产这桩大事。卡拉望脑子里则一片空白，舍奈先生所讲的，他什么也没听懂。

咖啡端上来了，为了提神，咖啡煮得很浓，每个杯子里还兑了白兰地，一旦下肚，人人的面颊上就泛起了一层红晕，脑子里仅存的那点模糊意识，也都被搅乱了。

最后，"大夫"又猛然抓起酒瓶，给每人斟了一点白兰地涮涮杯子。他们不再说话，慢慢地啜着加糖白兰地在杯底和成的淡黄色甜浆，一个个沉湎在消化美食时的甜蜜温馨之中，而美酒则更让他们像动物一样，在酒足饭饱的舒适感里沉沦若失。

两个孩子都睡着了，罗萨莉把他们送上了床。

卡拉望像所有遭遇不幸的人一样，机械地顺从一种要使自己变得麻木的下意识，又接连几次喝了白兰地，他那呆滞迟钝的眼光居然炯炯有神了。

"大夫"终于起身要走了,他抓住朋友的胳膊,建议道:

"来,跟我一道出去,透透空气对你会有好处的;一个人有了烦恼,不应当闷在家里不动。"

卡拉望听从了这个建议,他戴上帽子,拿起手杖,随"大夫"出去了。两个朋友挽着胳膊,在星光灿烂的夜空下,朝塞纳河走去。

温熏的晚风徐徐吹送着阵阵花香。在这个季节里,附近一带的花园苗圃都开满了鲜花。百花的芬芳白天里似乎都在沉睡,到了黄昏才渐渐苏醒,由丝丝微风散发在幽暗之中。

宽阔的大街上静寂无声,不见人迹,只有两行煤气街灯,一直延伸到凯旋门。巴黎市区那边,红尘笼罩,传来一片喧闹的市声,有如一种持续不断的隆隆滚动声。而在远处,时而又有火车的鸣笛遥相呼应,那是一列开足了马力的火车,在原野上狂奔疾驶,也许要穿过外省朝大西洋海岸驶去。

户外的空气扑到脸上,使他们有种异样的感觉,"大夫"几乎失去了平衡,而卡拉望从吃晚饭时就已经晕晕乎乎,这时就晕得更厉害了,恍若在梦中行走,脑子昏昏沉沉,浑身发软乏力。这时,揪心的哀伤似乎已经过去,他在精神上正处于一种麻木状态,也就不再有痛苦之感了,再加上夜色中弥漫着温煦的花香,更使他感到如释重负,得到了解脱。

两人走到桥头,便朝右拐,清风从河面上扑面而来。岸边高耸着一排白杨树,河水静静而忧郁地流淌着,星星随流水而荡漾,似乎在水里游泳。对岸的河堤上飘荡着轻淡的白色雾霭,人呼吸到一股潮润的气息。卡拉望骤然停步,河岸的氛围强烈地触动了他,唤醒了在他心中沉睡了多年的记忆。

他蓦地又看见了自己的母亲,如他童年时所常见的音容那样:

在遥远的故乡庇卡底的家门口,她弯着腰,跪在流经园子的小溪边上,正在洗身边的一大堆衣服。他恍惚听见寂静的田野上,响起母亲的棒槌声与呼喊声:"阿弗雷特,快给我拿块肥皂来。"此时此刻,在巴黎的河岸上,他又闻到了同样的流水气息,又看到了同样笼罩着潮湿地带的轻雾。本来,故乡沼泽地上的水霭蒸汽就一直存留在他内心深处,永远难忘,而现在,恰巧在母亲去世的这个晚上,他又如身临其境,回到了儿时的故乡。

他伫立不动,绝望的情绪又猛然袭上心头,好似一道闪光突然照亮了他整个的不幸,一股飘忽不定的气流将他投进了无可缓解的大悲大痛的深渊。他感到自己的心被这次永远的离别撕得粉碎,他的一生从此也就被拦腰切成了两截,他的整个青年时期,由于母亲的亡故而永远消失了。"以往"这个概念再也没有了。年少时光的记忆全都烟消云散了,再也没有人能同他回顾往事,谈谈他从前认识的人,谈谈他的故乡、他本人以及他过去生活中的琐事。他的一部分存在已经终结,现在轮到他的另一部分存在在走向死亡了。

一件件往事浮现在他眼前,纷至沓来。他又看见年轻时的"妈妈",穿着旧衣服,长年累月没得更换,仿佛已同她本人合二为一,分割不开了。他接着又连连在早已遗忘的一些情景中看见了"妈妈",重温了她那些已经模模糊糊的形貌:她的举止、声调、习惯、癖好、愤怒、脸上的皱纹、瘦指头的动作以及今后再也不会有的那些惯常的姿态。

于是,他伏在"大夫"身上痛哭起来。他那绵软乏力的双腿在发抖,整个身子随着哭泣而颤动,泣不成声地喊着:"妈,我可怜的妈呀!我可怜的妈呀!"

然而,他这位朋友一直醉意甚浓,眼下正打算到他常去偷乐的地方乐一个夜晚呢,见卡拉望的悲痛又一次大发作,就不耐烦了,便扶他到河边坐在草地上,借口要去看一个病人,随即就撇下他走了。

卡拉望哭了很久,眼泪都流干了,痛苦大为减缓,心境重新变得轻松,并感受到一种意想不到的安宁。

月亮升起来了,以它温柔的幽光沐浴着大地。高挺的白杨树银光闪闪,平原上的雾气像浮动着的白云。河水里不再有星星游泳了,但似乎铺盖着一层珍珠,仍流淌不息,泛起了闪闪发亮的涟漪。空气温和,微风送来阵阵芬芳,大地进入了温馨的梦乡。卡拉望尽情品尝着夜色的柔美,他畅怀地呼吸着,觉得随着清新的空气,宁静与无上的欣慰也被吸进他的体内,直达五脏六腑、神经末梢。

不过,他仍不断地抵制这种油然而生的舒适感,一遍又一遍地重复:

"妈呀,我可怜的妈妈呀!"

他用忠厚老实人的良心来激励自己再哭下去,但他再也哭不出来了,甚至不再有任何悲痛触他动情、使他像刚才那样号啕大哭了。

于是,他站起身来,慢慢地往回走,沉浸在大自然对人间万事皆无动于衷的那种超脱宁静里,他的心境也在不知不觉之间平复下来了。

走到桥头,他望着即将出发的末班小火车的灯光,望见环球咖啡馆背面一排灯火明亮的窗户。

他忽然觉得需要找个人诉说诉说自己的不幸,以得到别人的同情与关心。于是,他哭丧着脸,推开咖啡馆的门,见老板正站在柜台前。他便走了过去,原以为大家见他这副样子,都会站起来,迎着他来跟他握手,并且问道:"咦,您是怎么啦?"不料,没有一个人注意他脸上悲痛的表情,他就趴在柜台上,双手抱着脑袋,喃喃自语地说:"哎呀,上帝啊!上帝啊!"

老板打量了他一眼,问道:"您生病啦,卡拉望先生?"

他答道:"我没生病,是我母亲刚刚去世。"

对方心不在焉地"哦"了一声。这时,店堂里端有顾客在叫:"来杯啤酒!"老板立即大声应道:"噢,来啦!……马上就来啦!"便急忙奔过去倒酒,抛下了目瞪口呆的卡拉望。

三个牌迷仍坐在晚饭前的那张桌子周围,一动也不动,正在聚精会神地玩多米诺骨牌。卡拉望凑上去,想引起他们的同情,但他们似乎都没有看见他,于是,他干脆自己先开口,对他们说:"刚才那一会儿,我遭了一场大祸。"

三个牌友同时都把头略微抬起,不过眼睛仍然盯着各自手里的牌。

"怎么啦,什么大难?"

"我母亲去世了。"

"嗯,真糟糕。"其中一个咕哝了一声,他一副假伤悲的表情,实际上是漠不关心。

第二个牌迷找不出什么话好说,便摇了摇头,嘘了一声,表示伤感。

第三个的注意力又回到牌上去了,那样子分明是在说:"不就这么回事吗。"

卡拉望本期待着听到一两句体己的话,见他们如此这般,便愤然走开,他恨他们对朋友的痛苦竟然无动于衷,尽管他这份痛苦此时已经消释,甚至他自己也感觉不到了。

他走出了店门。

他妻子正在家里等他,穿着睡衣坐在敞开的窗户旁的一把矮椅上，心里盘算着遗产的事。

"快脱衣裳吧，"她说，"咱们到床上再谈。"

他抬起头，望了望天花板，说："可是，楼上……什么人也没有呀。"

"怎么没有人呢，罗萨莉不就守在妈身边吗，你先睡一小觉，凌晨三点再去替换她。"

不过，他怕万一会发生什么意外情况，没有脱下衬裤，头上还扎了一条围巾，然后才跟着太太钻进被窝。

夫妇二人并排坐了一会儿。太太在想着心事。

即使是在就寝时刻，她的睡帽上还缀有粉红色的蝴蝶结，且戴得稍稍歪向一侧耳朵，就像她戴便帽那样，这似乎是她戴任何帽子时难以改变的习惯。

她突然转过头来问丈夫："你知道你妈立过遗嘱没有？"

卡拉望迟迟疑疑地答道："我……我……我想没有……她一定没有立过。"

卡拉望太太盯着丈夫的脸，低声却恼火地说："喏，你瞧，这也太不通情理了，我们千辛万苦伺候她，供她住，供她吃，算起来已有十年！你妹妹就不肯这么干，我要是早知道会得到她这种报答，我也绝不肯干！真的，她如此薄情寡义，是她生前的不光彩！你也许会对我说，她付了食宿费，这不假，但晚辈对老人的伺候，那是用钱付不清的，应当在死后用遗嘱来回报，凡是体面的人都这么办。而我呢，我算是白忙乎、白辛苦了一场！哼！真是妙啊！真是妙不可言！"

卡拉望心烦意乱，不知所措，连连说道："亲爱的，亲爱的，我求求你，我求求你。"

发泄了一顿之后，太太也平静下来了，她用往常每天那种语调发号施令:"明天一早,你去通知你妹妹。"

卡拉望一下跳了起来:"真的,这事我怎么没有想到!天一亮,我就去打电报。"

他妻子凡事都想得十分周到,马上拦住他:"不用那么早,等到十点至十一点之间,再打电报不晚,这样,在她来到之前,咱们有时间作好安排。从夏朗东赶到这里,最多两个钟头就够了。我们可以解释说,你吓昏了头。反正上午发出通知,就绝不至于落个埋怨!"

然而,卡拉望又拍了拍自己的脑门,怯声怯气地说:"还应当向部里说一声呀。"部里那位上司,他总是一想起就全身发抖,一说起声音就变了。

他妻子反驳道:"凭什么要跟部里说?遇上这种事,即使忘了报告,也是情有可原的。听我的,甭理他,你那位上司没法说什么,这回你正可以晾晾他。"

"好的,就这么办,"卡拉望说,"他见我没去上班,一定会大发雷霆。是的,你说得对,这主意真妙,等我一向他宣布我母亲去世,他就不得不把自己的嘴巴闭上。"

想到能这么取笑上司一次,卡拉望科员乐不可支,他一边搓手,一边想象科长那副嘴脸。这会儿,在楼上,女佣人正躺在老太太的遗体旁边呼呼大睡。

卡拉望太太忽然又心事重重起来,似乎有什么事情缠绕心头,不吐不快,却又难以启齿。最后,她终于下决心开口:"那架少女玩球的座钟,你妈早就说过是给你的,对不对?"

卡拉望回想了一会儿,说:"对,对,她是跟我说过,那可是很早的事了,还是她刚住到我们家来的时候。当时,她这么说:'只要你好生照顾我,这座钟将来就归你。'"

卡拉望太太放下心来，脸色也就放晴了："既然这么说过，喏，咱们就该把座钟从楼上搬下来，要知道，你妹妹一来，就不会让咱们搬了。"

卡拉望犹疑不决地说："你要这么办？……"

太太恼火了："我当然要这么办，只要神不知鬼不觉地搬了，那就归咱们所有了。她房间的那个五屉柜也是一样，就是有大理石面的那个，从前有一天，她碰上高兴，就答应过给我。咱们就一起搬下来得啦。"

卡拉望好像不大相信，说："不过，亲爱的，这事关系重大呀！"

太太转过身来，气冲冲地说："哼！你这人也真是，狗改不了吃屎的毛病，你就情愿让咱们的孩子饿死，也不愿干点实事？那个五屉柜，既然她已经给了我，那就属于咱们，对不对呀？如果你妹妹不乐意，那就让她冲我来吧，我才不在乎你妹妹哩。好啦，起来吧，咱们就去把你妈给咱们的东西搬下来。"

卡拉望无以应对，只好颤颤巍巍地下了床，刚要穿裤子，就被太太阻止了："不用穿了，走吧，穿衬裤就行了，喏，我不就这么去吗？"

夫妇二人穿着内衣，悄悄登上楼梯，小心翼翼地打开房门，走进屋里。但见老太太直挺挺地躺在那里，仿佛只有浸着黄杨树枝的盘子旁那四根燃着的蜡烛在给她守灵，而罗萨莉早已睡着了，她躺在扶手椅上，伸着两腿，双手交叉在裙子上，脑袋朝一侧偏斜，身子一动也不动，张着嘴巴在轻轻打鼾。

卡拉望赶紧抱起座钟，它跟帝国时代很多艺术制品一样，颇有点怪里怪气。钟上有个镀金的少女铜像，头上装饰着各种花朵，手里执着一个接球玩具，而那个球就是钟摆。

"把座钟给我,你去搬柜子上的大理石面。"她太太吩咐道。

他照办不误,费了九牛二虎之力,直喘着气,才把大理石柜面扛到肩上。

两夫妇搬着东西往外走,出门时,卡拉望弓着身子,颤颤巍巍地下楼。他太太则倒退着走,一只手抱着座钟,一只手端着烛台给丈夫照路。

回到自己的房间,卡拉望太太深深地舒了一口气,说:"最难搬的已经搬好,咱们再把剩下的搬过来吧!"

但是,五屉柜里装满了老太太的衣物,得找一个地方收放这些东西才行。

卡拉望太太立刻想出个好主意:"你快去把门厅里那只杉木板箱子搬来,它值不了四十个苏①,把它放在这里正好。"

木箱一搬来,他们就开始把柜里的东西往箱里倒腾。躺在他们身后的这老太太所有的破旧衣物,套袖啦,领巾啦,衬衣啦,便帽啦,等等,全都从五屉柜里掏出来了,然后,又一件件整整齐齐地放进木箱里,以便蒙骗次日将要来奔丧的另一个后人布罗太太,亦即卡拉望的妹子。

衣物清理完后,他们先把抽屉搬下去,然后又两人各抬一头,把柜子搬下去。夫妇俩琢磨了许久,不知安放在什么位置最为合适,最后才决定放进他们的卧室,摆在床对面的两扇窗子之间。

五屉柜刚摆好,卡拉望太太就立刻把自己的日用衣物放进去。座钟则摆在餐室的壁炉上,两夫妇审视了一番,看看布置的效果如何,最后都十分满意。太太说:"这样挺好!"丈夫应声附和:"是的,挺好的!"两人这才安心上床。太太吹灭了蜡烛。不久,这座小楼的两层房间里,人人都进入了梦乡。

---

① 法国以前的货币单位。四十苏约等于人民币三元。

卡拉望睁开眼睛时，已经是大天亮了。刚刚醒过来时，他的脑子还昏昏沉沉的，过了几分钟才回忆起家里发生的大事，于是觉得胸口似乎又重重地挨了一拳。他跳下床来，心里一阵酸痛，几乎又要大哭一场了。

他急忙上楼去，进屋一看，罗萨莉仍在呼呼大睡，保持着昨晚的那个姿势，竟一觉睡到大天亮。他打发罗萨莉去干活，自己动手将燃尽了的蜡烛拔下来，再一次端详自己的母亲，头脑里转悠着一些看上去似乎高深莫测的思想，那全是些宗教的、哲学的凡俗之见，智力平庸者一面对死者，总要受这类思想的困扰。

这时，他听见太太在叫他，就立即下楼。卡拉望太太开了一个清单，把上午该办的事全部一一列出。卡拉望接过来一看，不禁吓了一跳。他逐条看下去：

1. 到区政府登记
2. 请医生验尸
3. 定做棺木
4. 去教堂联系
5. 去殡仪馆联系
6. 去印刷所印讣告信
7. 打电报通知亲属

此外，还有许许多多要办的琐事。于是，他戴上帽子，出门去了。

消息早已传开，这时，邻居们纷纷登门，要看看死者的遗容。

在楼下的理发店里，正在给顾客刮脸的理发师，说起这家的丧事，还跟妻子拌了一场嘴。

妻子一边织袜子，一边低声念叨："又少了一个，少了一个世上罕见的小气鬼。说老实话，我一直就不喜欢她，不过，还是应当去看看。"

丈夫一边在顾客的下颌抹肥皂，一边嘀咕道："听听，全是些怪念头！只有女人才想得出来。她们活着的时候烦你个没够，死后也不叫你安宁。"

妻子听了，倒也并不动气，接着说："我控制不住自己，非去看看不可。从一大清早，我就惦记着这件事，要是不去看看她，恐怕我这一辈子都不会了却这桩心事，等仔细看了，记住她的遗容之后，我就心安理得了。"

手里拿着剃刀的理发师耸了耸肩膀，低声对那位修脸的先生说："我倒要请教您一下，这些该死的娘儿们，怎么会有这么一些莫名其妙的念头！而我，我可没有兴致去瞧一个死人！"

他妻子听了这一番抨击，一点也不恼火，只说："我就是这样嘛，就是这样！"说着，把手里的活儿往柜台上一撂，就上楼去了。

有两位邻居太太已经先来了，主妇正在同她们谈论这次不幸的意外事故，她详细地讲述了事情的经过。

她们都朝灵堂走去。四位太太轻手轻脚地走进来，挨个蘸了点盐水洒在被单上，又跪下来，一边画十字，一边咕噜咕噜地做祈祷，然后都站起来，瞪着眼睛，半张着嘴，久久盯着遗体。这会儿，死者的儿媳妇一直用手巾捂着脸，装出伤心痛哭的样子。

她正要转身出去的时候，忽瞧见玛丽·路易丝与菲利浦·奥古斯特两姐弟站在门口，都穿着衬衣，在好奇地观看。于是，她就忘了假装出来的悲痛，扬起手扑了过去，气急败坏地嚷道："淘气鬼，你们还不快滚！"

十分钟之后，卡拉望太太又陪同另一批女邻上楼来，她同样又在老太太身上挥洒黄杨树枝，又祈祷了一番，又哭泣一番，总之按原来的程序又尽完一遍孝道。这时，她又发现两个孩子仍跟在她身后，于是就狠狠捆了他们两巴掌。不过，到了第三次，她就懒得再管那两个小家伙了。这样，每次有人来致哀，两个孩子总是跟在后面，同样也跪在一个角落里，惟妙惟肖地模仿母亲的每一个动作。

一到中午，前来吊丧的好奇的妇女就大为减少，过了不久，再也无人上门了。卡拉望太太回到自己的房间，急急忙忙为出殡做准备，让死去的老太太孤零零地躺在楼上。

那房间的窗子大敞着，阵阵热浪挟着团团尘土涌进来。四支蜡烛的火苗，在灵床旁边跳跃，尸体平躺，纹丝未动。在老太太双目紧闭的脸上，在她伸出被床的两手上，有一些小苍蝇爬来爬去、飞来飞去，一次又一次来拜访这个死者，同时也在慢慢接近自己的死亡。

这时，玛丽·路易丝与菲利浦·奥古斯特又跑到街上瞎玩去了。他俩很快被一群孩子团团围住，其中的那些小姑娘特别精灵刁钻，很快就能嗅出生活中的种种隐秘。她们一本正经像成年人一样提问："你祖母去世了吗？""是的，昨天晚上死的。""死人是什么样子？"玛丽·路易丝于是就进行解释，她讲到蜡烛、黄杨树枝、死人的面孔。孩子们听了，都产生了强烈的好奇心，纷纷要求上楼去瞧一瞧。

玛丽·路易丝立即组织了第一批参观者，五个女孩和两个男孩，都是年龄最大的，也是胆子最壮的。组织者要求他们非脱掉鞋子不可，以免被人发觉。这个参观团溜进了小楼，敏捷地爬上楼梯，就像一支老鼠队伍。

一溜进房间，玛丽·路易丝就学她母亲那样，循规蹈矩地组织吊唁仪式。她严肃认真地领着小朋友们下跪,画十字,动动嘴唇,再站起来,往灵床上洒圣水。然后,参观团一行人挤成一团,走向灵床,怀着害怕、好奇而又兴奋的心情观看死者的脸和手。而这时,玛丽·路易丝则突然用小手绢捂住眼睛,也假装哭泣。但她一想起门口还有一些小朋友在等着参观,悲痛立即消失得无影无踪。她赶紧连蹦带跑地送走这一批参观者,又把第二批带上来,接着又是第三批,一批一批,络绎不绝。这一带的顽童,甚至还有衣衫褴褛的小乞丐,都闻讯而至,都要尝尝这种新奇的乐趣。而玛丽·路易丝每次都把她母亲那一套仪式模仿一遍,模仿得很是到位。

时间一长,她就玩累了。孩子们也都散了,去玩别的游戏了。老太太又孤单单地被撇下,被人遗忘。

房间里阴影重重。随着蜡烛火苗的晃动,她那干枯而布满皱纹的脸,时明时暗。

将近八点,卡拉望上楼来把窗户关好,换上蜡烛。这次进来,他心态平静,似乎那尸体停放在那里已有数月之久,他已习以为常,熟视无睹了。他还注意到尚无丝毫腐烂的迹象。上桌吃晚饭时,他便把自己的观察结果告诉他太太。太太答道:"可不,她像根木头,也许可以保存一年。"

他们喝汤的时候,一句话也不说。两个孩子疯玩了一天没人管,都疲倦到了极点,便坐在椅子上睡着了。全家人都不出声。

突然,灯光暗了下来。

卡拉望太太把灯芯往上拧了一拧,可是油灯发出一种燃油枯竭的声响,噗噗响了一会儿,随即就熄灭了。竟然忘了买灯油!到杂货铺去打油吧,势必要耽误吃晚饭,还是去找几支蜡烛来吧。但楼下已经没有了,只有楼上床头柜上还有几支。

卡拉望太太行事一贯果断,立即就打发玛丽·路易丝上楼去拿两支下来。大家就在一片黑暗中等着。

小姑娘上楼的脚步声清晰可闻,接着,静寂了几秒钟,她急匆匆地跑下楼来,推开房门,惊慌失措,比前天晚上更为恐惧,上气不接下气,报告了一个灾难性的消息:"哎呀,爸爸,奶奶在穿衣服!"

卡拉望霍地一下跳了起来,势头真猛,竟把椅子撞倒在墙边,他结结巴巴地问:"什么……什么……你说什么?"

但玛丽·路易丝紧张得语不成句,仍在重复:"奶……奶……奶奶在穿衣服……就要下楼啦。"

卡拉望发疯似的冲上楼梯,后面跟着惊呆了的太太。但是,一到三楼的房门口,他又站住了,胆战心惊,不敢进去。他会看见什么情景呢?太太比他胆大,扭动了门把手,便走了进去。

房间似乎变得更暗了,中央有个又瘦又高的身影在晃动。老太太已经站在地面上了。她一从昏迷中苏醒过来,在尚未完全恢复神志之前,就已经靠一条胳膊撑起躯体,赶忙转过身,把点在灵床旁边的蜡烛吹灭了三支。而后,慢慢恢复了气力,她就下床找自己的衣服,却发现五屉柜不见了,不免有些纳闷。不过,她终归还是在木箱里找到了自己的衣物,就不慌不忙地穿了起来。她倒掉盘子里的水,把黄杨树枝仍挂到镜后,又把椅子搬回原位,正要下楼的时候,她的儿子和儿媳进来了。

卡拉望冲过去,抓住母亲的双手,满含着眼泪亲她。他太太站在身后,虚情假意地连连说:"真是大喜事呀!啊!真是大喜事!"

然而,老太太对此无动于衷,那神情像是没有搞清楚究竟是怎么回事。她身子僵直,像块石雕,眼神冰冷,只问了一句:"晚饭快好了吗?"儿子还没有缓过神来,含含糊糊地答道:"好了,好了，妈妈，我们正等着你呢。"接着，他一反常态，殷勤地挽住母亲的胳膊，他太太则端着蜡烛走在前面，倒退着一步一步下楼，好把路来照亮，就像昨天半夜丈夫扛着大理石板时她所做的那样。

下到二楼，她差点撞着正要上楼的人。原来是住在夏朗东的一家亲戚赶来了，卡拉望的妹妹布罗太太在前，她的丈夫紧跟其后。

那女人又高又胖，挺着一个大肚子，像害了臌胀病，上身往后仰着。她吓得直瞪着眼睛，准备拔腿就逃。她丈夫是个信奉社会主义的鞋匠，个子矮小，满脸的胡须几乎淹没鼻子，看上去像只猴子。他却毫不惊慌，只喃喃自语："嘿，怪啦，她怎么又活过来了？"

卡拉望太太一见是他们，沮丧地摆摆手示意，大声说道："哎哟，怎么啦！真没有想到，你们来了！"

然而，布罗太太已吓昏了头，没有听懂这话的弦外之音，低声答道："是你们打电报叫我们来的，我们还以为人不行了呢。"

她丈夫在背后捏了她一把，叫她住口，接着，胡须里藏着一个奸笑，补了两句："承蒙你们盛情邀请，我们急忙就赶来了。"此话影射了两家人长期以来的敌对情绪。当老太太下到楼梯最后两级时，他便赶紧迎上去，用密布满脸的胡须在她脸上蹭了蹭，又对着她那不灵光的耳朵喊道："您一向可好？母亲，身子骨还是那么硬朗？"

布罗太太本是前来奔丧，不料看到人活得好好的，简直吓得发呆，甚至不敢去亲亲自己的母亲。她挺着大肚子，挡在楼梯口，使得别人也无法走动。

老太太惶惑不安，心里暗自生疑，但始终没有开口。她扫视周围这些人，那锐利而严峻的灰色小眼睛，时而盯着这个，时而又盯着那个，看得出来她脑子里在想什么，这颇使在场的人尴尬难堪。

卡拉望想解释一下，说道："母亲确实有点不舒服，现在已经好了，完全好了，对不对呀，妈？"

老太太继续往前走，并且以微弱的、像从远处传来的声音回答说："确实是晕过去了一阵子，但那段时间你们在做什么，我都听见了。"

接着，是一阵令人难堪的冷场。大家走进餐室，坐下来吃饭。晚饭甚为简陋，是临时张罗起来的。

在座的唯有布罗先生稳坐钓鱼台，轻松自如，他那张像猩猩一样凶恶的脸做出种种怪相，说起话来，话里有话，弄得大家都很尴尬。

偏偏门铃时不时就响起来，罗萨莉不知如何应付，总来找卡拉望。于是，他总要扔下餐巾跑出去。他妹夫甚至问他，这天是不是他会客的日子。他支支吾吾地回答："不是，没有什么，是订的货送来了。"

不久，又送来了一包东西，卡拉望冒冒失失地把它拆开了，原来是印着黑框的讣函，他满脸涨得通红，连忙重新包上，塞进自己的马甲里。

老太太没有看见这个插曲，她死死地盯着她那个座钟，它正摆在壁炉上，镀金的球棍还在不停地摆动着。在一片冷冰冰的沉默中，尴尬难堪的气氛越来越浓重了。

老太太把她那张像巫婆一样皱皱巴巴的脸，转向自己的女儿，对她说："下星期一，把你的小丫头带来，我想见见她。"

布罗太太立即喜形于色，高高兴兴地应道："好的，妈妈。"卡拉望太太的脸色顿时变得惨白，急得差一点晕过去。

这时，两个男人渐渐聊起天来，但为了一点鸡毛蒜皮的小事，他们竟然进行了一场政治论战。布罗拥护多种革命学说与共产主义理论，他慷慨激昂，两眼在胡须密布的脸上炯炯发光。他高声嚷道："说到财产，那是从劳动者身上榨取来的——土地，是属于所有人的——继承遗产是卑鄙可耻的事……"但说到这里，他猛地闭口，就像一个人说了蠢话似的，自己慌乱地想要改口，随即，他用温和的口气改变腔调说："当然，现在不是争论这个问题的时候。"

房门打开了，舍奈"大夫"走了进来。一看屋里的情景，先是有点惊愕，很快就镇定下来了。他走到老太太面前，说道："哈，哈，老大妈，今天还不错嘛，嗯！我早就料到会好的。就在刚才上楼的时候，我心里还在想，她老人家准又起来了，我敢打赌！"他轻轻拍了拍老太太的后背，接着说："这身子骨，就跟巴黎的新桥一样结实。大家等着瞧吧，她会参加我们这些人的葬礼。"

他坐下来，接过递给他的咖啡，很快就参加了那两个男人的争论。他赞同布罗的观点，因为他本人就曾牵连在巴黎公社的案件里。

这时，老太太感到累了，想回房休息。卡拉望赶紧前去搀扶，但老太太两眼死死地盯着他说："你呀，你马上给我把五屉柜和座钟搬上去！"儿子结结巴巴应道："好的，妈妈……"老太太却不等他说完，就挎着女儿的胳膊上楼去了。

这一来，卡拉望夫妇就一败涂地，全局崩溃了，他们惊慌失措，张口结舌，呆呆地立在那里，而布罗则慢慢呷着咖啡，还得意扬扬地搓着双手。

突然，卡拉望太太怒上心头，疯狂发作，她扑向布罗，冲着他尖声大嚷："你这个贼，你这个无赖，你这个流氓……我要吐你一脸唾沫……我要吐你……吐你……"她气得喘不过气来，想大骂却又找不到词儿。可是，布罗却笑眯眯的，仍在喝他的咖啡。

这时，恰巧布罗太太回来了，于是卡拉望太太又冲着小姑子去了。这一对姑嫂，一个人高马大，肥胖的肚子咄咄逼人；一个瘦小干枯，气势汹汹歇斯底里，两人都气得全身发抖，声音变调，你一句我一句，互相破口大骂。

舍奈与布罗上来劝解。布罗推着他老婆的肩膀，把她推出房门，朝她大声嚷道："快滚，你这头蠢驴，你叫得太过分了！"

可以听见，这两口子到了街上仍在争吵，声音渐渐远去。

舍奈"大夫"也告辞离去。

卡拉望夫妇待在那里，相对无言。

后来，丈夫颓然倾倒在椅子上，两鬓渗出了一阵冷汗，他喃喃自语道："这事，我怎么去向科长交代呢？"

在旅途上
献给居斯塔夫·图杜兹

1

从戛纳站起,车厢里的乘客就满员了;他们都是相识的熟人,因此晤谈甚欢。火车经过塔拉斯贡时,有人说:"喏,这就是发生了谋杀案的地方。"于是,大家开始谈论那个神出鬼没、难以捉拿归案的凶手。两年以来,他时不时就要取走一个旅客的性命。议论者纷纷提出各自的猜测,每个人发表自己的看法;妇女们战战兢兢地盯着车窗外的黑夜,唯恐看见从门口突然冒出一个男人的脑袋。接着,大家又谈起另外一些可怕的故事,例如与坏人不期而遇;在特别快车上面对面与疯子相处;在某种情况下,不得不跟一个形迹可疑的家伙周旋好几个钟头,等等。

在座的每个男人,都有一桩足以给自己添光生彩的光辉事迹,他们都曾在某种意想不到、突如其来的险情中,以令人叹为观止的机智与勇敢,将一个坏人制服、击倒并捆绑起来。其中有一位医生,他每年都要到南方去一趟,也助兴讲了以下一桩不同寻常的故事。

我嘛,我从没有机会碰上像诸位这种惊心动魄的事情,来验证我的勇气,但是,我认识一个女人,她是我的一个患者,如今已经不在人世,她倒是遇到过一桩世上最稀奇特别的事情，也可说是一桩最神秘、最感人的事情。

玛丽·巴拉诺娃伯爵夫人，是一位地位显贵、美貌绝伦的俄国女子。诸位都知道俄国女人有多么美丽，至少在我们法国人眼里，她们精巧的鼻子，优美的嘴唇，一双靠得很近、颜色难以形容的灰蓝眼睛，还有冷艳而难以亲近的风致，都是妙不可言的！在她们身上，有那么一种既邪恶又诱人，既高傲又亲近，既温柔又严厉的东西，足以叫一个法国人倾倒。不过，说白了，使我们觉得她们身上美不胜收的，不过是人种上与类型上的差异在起作用而已。

几年以来，她的医生眼见她深受肺病之苦，健康每况愈下，就竭力劝说她到法国南方来休养，但她固执地拒绝离开圣彼得堡。最后，到了去年秋天，医生认为她已无药可救，就通知了她的丈夫，让他立即命令自己的夫人动身到芒通来。

她上了火车，孤孤单单一个人坐在车厢里，她的随从人员则待在另一节车上。她靠着车门，带着淡淡的哀愁，望着田野与乡村在眼前驶过，心里备感孤寂，自己无儿无女，几乎举目无亲，只有一个丈夫，而他对妻子已无情无义，如今将她打发到世界的另一个角落，甚至不屑于陪同前往，就像把一个病重的仆人扔进了医院，她感触良多，深知自己在生活中已被抛弃。

每到一站，她的随身老仆伊凡都要过来问问女主人需要什么。他忠心耿耿，对伯爵夫人盲目服从，时刻准备执行女主人的任何命令。

夜幕降临，列车高速行进，伯爵夫人神经过度紧张，久久难以入眠。她偶生一念，想把自己丈夫最后一分钟交给她的那些法国金币，拿出来数一数。她打开小钱包，把闪闪发亮的金币全都倾倒在自己的双膝上。

但是，突然有一阵冷风朝她脸上扑来，她猛吃一惊，抬头一看，只见车门刚被打开，她赶忙用一条披肩盖住裙子上的金币，静观其变。几秒钟过去，门口出现一个男子，头上没有戴帽，手上受了伤，气喘吁吁，身上倒是穿着晚礼服。他把门关上，坐了下来，用炯炯有神的眼睛看了看伯爵夫人，然后，取出一块手帕，将流血的手腕包扎起来。

年轻的贵妇觉得自己几乎被吓得昏倒在地。这突如其来的男子肯定是发现她在数钱，他撞进来的目的当然是要抢她的钱，并杀人灭口。

他一直盯着伯爵夫人，喘着气，面部肌肉抽搐着，那架势无疑是要一扑而上。

他却忽然这么说了一句：

"夫人，请您不要害怕！"

她没有吱声，她张不开口，却听到自己的心脏在蹦蹦乱跳，耳朵在嗡嗡直响。

那男子又说道：

"我不是坏人，夫人。"

她仍然讲不出话来，但她身子骤然抖动了一下，使得双膝一并，于是，金币就像雨水从屋檐上流下来那样，全都倾泻到了地毯上。

那男子吃了一惊，他看着那些哗啦哗啦泻下来的金币，突然弯腰去捡。

伯爵夫人吓得手足失措，站起来就向车门跑去，想纵身往车下跳,她的全部金币也就纷纷洒落在地上了。那男子一明白伯爵夫人的鲁莽之举是要干什么,便赶忙冲上去将她抱住,强迫她坐下来,按住她的两腕,说:

"夫人,请您听我说,我并不是坏人,我正要把这些钱捡起来还给您,这就可以证明。但是,我需要您帮我越过国境,如果您不答应,我就完了,我就死定了。我不能跟您再多讲了。一个小时之后,我们就要抵达俄国的边境站,一小时二十分之后,我们将越过帝国的边境。如果您不帮我,我就完蛋了。但是,夫人,我没有杀过人,没有抢过东西,没有干过任何不光彩的事情。我可以向您发誓我没有撒谎。现在,我没有时间再跟您多讲了。"

他跪到地上去捡金币,一直把椅子下的都捡起来了,滚到远处的几枚,也都没有落下。等那钱包重新装满之后,他将它交还给伯爵夫人,一句话也没有说,就转身坐在车厢的另一个角落里。

他们两人都没有挪动。伯爵夫人坐在那里默不作声,因刚才大受惊吓而仍然浑身发软,不过,情绪倒是渐渐恢复平静。至于那个男子,他没有作任何手势,也没有任何举动,他正襟危坐,两眼直盯着前方,面色煞白,仿佛是个死人。伯爵夫人不时朝他瞟上一眼,立即又迅速将头转过去。这是一个三十岁左右的男人,相貌英俊,外表完全像一个贵族。

列车在茫茫黑夜中奔驰,不时发出凄厉的叫声,偶尔放慢速度,然后又全速前进。突然,列车大幅减速了,鸣了几声汽笛,很快就完全停了下来。

伊凡来到车厢门口,听候女主人的吩咐。

伯爵夫人最后又朝那个奇异的旅伴打量了一下，然后，声音颤抖，生硬地对自己的老仆人说：

"伊凡，你回到伯爵身边去，我不用你伺候了。"

老仆人不胜惊愕，眼睛瞪得大大的，结结巴巴地说：

"可是……夫人。"

女主人接着说：

"不用了，你以后不用来找我，我已经改变了主意。我要你留在国内。喏，这是给你回去的路费。把你的帽子和大衣留给我。"

伊凡惊愕失措，连忙将衣帽脱下，递了过来，就像往常那样一声不吭地服从照办，对主人们那些心血来潮的决定与不可违抗的古怪念头，他是早已习以为常了。他眼泪汪汪地奉命离去了。

火车又继续开行，朝边境线驶去。

这时，伯爵夫人对那男子说：

"先生，这些东西给您，您现在是我的仆人伊凡。我这么帮您只附带一个条件，那就是您永远也不要跟我说话，一句话也别说，不管是什么话，哪怕是感谢的话也别说。"

那陌生男子鞠了一躬，一言未发。

不久，火车又再次停下，几个穿制服的官员上车检查，伯爵夫人向他们出示了证件，并指指坐在车厢角落的那个男子，说：

"他是我们的仆人伊凡，这是他的护照。"

火车又重新出发。

整整一夜，他们俩单独待在一个车厢里，谁也没有开口。

黎明来到,列车停靠在德国境内的一个车站,那个陌生男子下了车,站在车门口说:

"夫人,请允许我破例违反一次承诺,但我害得您失去了您的仆人,我理应代替他。您需要什么吗?"

伯爵夫人冷淡地回答说:

"请您去替我把我的女仆找来。"

那男子找到女仆后,就消失不见了。

当伯爵夫人下车到餐厅去时,发现那男子在远处注视着她。后来,他们都抵达了芒通。

2

医生停歇了一下,又继续说下去:

有一天,我正在诊室里给患者看病,一个高个子的年轻人走进来,对我说:

"大夫,我来向您打听玛丽·巴拉诺娃伯爵夫人的近况。我是她丈夫的一个朋友,不过,她并不认识我。"

我答道:

"她没有希望了,她回不了俄国啦。"

这男子突然失声大哭,他站起来,像一个醉汉似的踉踉跄跄地走出去。

当天晚上,我告诉伯爵夫人,说有一个外国人来打听她的健康情况。她显得很激动,她给我从头到尾讲述了以上那段故事,她还说:

"这个人,我完全不认识,现在却像影子一样跟随着我,我每次外出都碰见他,他总是用奇怪的眼光看着我,但从来不跟我说话。"

伯爵夫人考虑了一下,接着说:

"我敢打赌,他现在就在我的窗下。"

她离开躺椅,过去拉开窗帘指给我看,果然,那个找过我的青年男子,坐在散步便道的长椅上,正抬头望着这个旅馆,他一望见我们,站起来就走了,头也不回。

这是我亲自耳闻目睹的一桩惊世骇俗而又撕心裂肺的事情,一个当事人双方根本不相识的默默无言的爱情故事。

那男子爱伯爵夫人,像一条狗对救命恩人那样爱她,感恩戴德,忠贞不渝,海枯石烂。他明白我已经对他有所洞察,所以,每次来找我时径直就问:"她好吗?"每当伯爵夫人从他身边走过,身体日益虚弱,脸色日渐苍白,他都要痛哭流涕。

伯爵夫人对我说:

"这个怪人,我只跟他说过一次话,可是我觉得认识他似乎已经有二十年了。"

此后,他俩不时相逢相遇,伯爵夫人每每都以端庄而妩媚的微笑向对方还礼。我看得出来,她是感到很幸福的,她呀,如此的孤单寂寞,无依无靠,心里已经明白自己来日不多,却能被人爱到这种地步,对方爱她爱得五体投地,爱得海枯石烂,爱得充满诗意,爱得赴汤蹈火在所不辞,她该感到多么幸福啊。可是,这个女人固执到底,坚决拒绝跟对方约会,拒绝知道他的姓名,拒绝跟他交谈。她这么说:"不,不,那会破坏这种奇特的友谊。我俩应该永远互不相识。"

至于那个青年男子，他同样也是一个堂·吉诃德式的人物，他从不试图进一步接近伯爵夫人。他宁愿严格遵守他在火车上许下的诺言，永不跟她说话。

在漫长难挨的病榻时日中，伯爵夫人常常从躺椅上起身，轻轻把窗帘略微掀起，看看那男子是不是待在窗下，见他一如既往仍一动也不动地坐在长椅上，就面带微笑回到病榻上。

一天上午，十点光景，她溘然而逝。我从伯爵夫人的旅馆里走出来，那男子惊恐失色地走到我面前。他刚得到了伯爵夫人辞世的噩耗。

"我想当着您的面看看她，只看一眼。"

我挽着他的胳臂，带他走进旅馆。

他来到死者的床前，抓住她的手，久久地吻着不放，然后，像精神失常似的，突然跑掉了。

医生又停顿了一下，接着说：

"毫无疑问，这是我所知道的铁路故事中最为奇特的一个。应该说，世上的男人一痴情就痴得直发傻。"

听故事的一个女人低声喃喃说：

"这两个人，并不如您所想的那么发傻……他们是……他们是……"

她已泣不成声，难以把话说完。大家为了使她平静下来，有意改变话题，所以，她究竟是想说什么，谁也没有搞清楚。

西蒙的爸爸

中午十二点的钟声刚刚敲过,小学的校门就打开了,孩子们争先恐后地涌向门口,你推我挤,急着离校。但这天,他们并不像平日那样很快散开,各自回家吃饭,而是在校门外几步远的地方就站住,三五成群,聚集成堆,开始交谈议论。

原来,这天早晨,布朗肖特的儿子西蒙,第一次到本校来上学。

这些孩子在家里都听说过布朗肖特这个女人。虽然在场面上大家都以礼待她,但私下里,那些为人之母的妇女提起她时,怜惜之中总带有一点轻蔑,孩子们都受此影响,却根本不知道事情的原委。

至于西蒙本人,大家都不认识他,因为他从不出家门,从没有跟这些孩子在村道上、在河边上玩耍过。本来,大家谈不上对他有什么兴趣,但有一次听一个十四岁的男孩说到他,却感到又惊又喜,那男孩这么说:"你们知道吗?……西蒙,他没有爸爸。"说着的时候,挤眉弄眼的一副狡黠的神情,似乎他所知道的底细远不止这一点。这些孩子得知此一消息后,便辗转相告,迅速传播。

正当孩子们交头接耳、议论纷纷之际,布朗肖特的儿子也向校门口走来。

他有七八岁,脸色略显苍白,全身干净利索,样子腼腆,近乎拘谨。

那几堆同学仍在窃窃私语,并用不怀好意且残忍无情的目光盯着他,当他正要走出校门回家的时候,他们显然是想捉弄他一番,慢慢地围了上去,将他困在中间。他站在那里,又惊讶,又困惑,不明白他们要干什么。那个无事生非的大孩子,一看自己散布的消息产生了效果,就扬扬得意地寻衅:

"喂,你叫什么名字?"

"西蒙。"孩子答道。

"西蒙什么呀?"对方又问。

可怜的孩子被问得懵头懵脑,又重复了一遍:"西蒙。"

那大孩子朝他嚷道:"你名叫西蒙,还少点什么,西蒙,这不是姓……"

孩子几乎要哭出来了,他第三次答话:

"我就叫西蒙。"

那些起哄的孩子哄然大笑,为首的那一个更是扬扬得意,他提高嗓门嚷道:"大家都瞧见了吧,他没有爸爸!"

一时鸦雀无声,孩子们都惊呆了,一个小孩居然没有爸爸,这真稀奇古怪,简直就不可思议,在他们的眼里,这样的人就是一个怪物,一个违反自然天理的人,这时,他们感到,自己母亲对布朗肖特的那种莫名其妙的蔑视,也在自己的心里生根发芽了。

西蒙呢,他靠在一棵树上,以免晕倒,他呆呆地站在那里,似乎被一桩无可挽救的灾难击昏了头。他想为自己辩解,可是找不出词来,驳不倒他没有爸爸这样一个可怕的事实。他面色惨白,最后不顾一切地朝他们叫了一声:"不,我也有一个爸爸!"

"你的爸爸在哪里?"那个大孩子质问道。

西蒙无言以对,他的确不知道。旁边的孩子都幸灾乐祸,哈哈大笑。这帮乡下崽野性十足,冷酷无情,竟产生了一种残忍的欲望,就像在同一窝母鸡之中,如果有一只受了伤,其他那些就群起而攻之,将它置于死地。西蒙绝境求生,忽见邻家一寡妇的孩子在场,那小孩也像自己一样,孤零零地跟着寡母过日子,就朝他说了一句:

"你也一样,也没有爸爸。"

"你胡说,我有爸爸。"那孩子反驳说。

"你爸在哪儿?"西蒙质问道。

"他死了,"那孩子理直气壮地说,"我爸爸,他就在墓地!"

这帮调皮鬼对此回答甚为满意,发出一片嗡嗡的赞许声,似乎这个同学有爸爸葬在墓地,就高人一等,压倒了那个根本没有爸爸的西蒙。但这些欺侮人的孩子的父亲,其实大多数都是恶棍、酒鬼、小偷与虐待妻子的人。现在,他们推推搡搡,越来越使劲,似乎他们这些有合法身份的孩子,就想把眼前这个没有合法身份的孩子挤扁,挤死。

有一个站在西蒙对面的孩子,突然伸出舌头表示嘲弄,还大声嚷道:

"没爸崽!没爸崽!"

西蒙扑将上去,两手揪住那孩子的头发,拳打脚踢,还狠狠咬对方的脸。一场混战爆发了。待到两个对打者被拉开时,西蒙已经是被狠揍了一顿,衣服撕破了,身上伤痕累累,瘫倒在地,而那些欺侮他的孩子则围在四周,鼓掌起哄。西蒙爬了起来,下意识地用手拍了拍满是尘土的小罩衫,这时,又有一个孩子朝他嚷了一句:

"去向你爸爸告状吧!"

西蒙一听此话,心里就彻底泄气了。他们那一群人要比他强大得多,他是被揍垮了,而他又根本没法反驳他们,明摆着,他就是没有爸爸。作为一个自尊心极强的孩子,他这时竭力想忍住涌上来的眼泪,好不容易才憋住了几秒钟,憋得自己直透不过气来,终于,抽抽噎噎地哭起来了,没有悲号,但哭得全身发抖,抖个不停。

敌人堆里是一片幸灾乐祸,欣喜若狂,他们就像野人在狂欢中那样,自然而然手牵着手,团团将他围住,一边跳,一边重复地叫喊:"没有爸,没有爸。"

但是,西蒙突然停止哭泣,他愤怒到了极点,正好脚下有一些石子,他抓起来就使劲朝那些欺侮他的人扔去。有两三个家伙挨了石子,嗷嗷叫着逃跑了。西蒙那副神情着实令人害怕,其他孩子也都惊慌失措,拔腿就跑,正如成堆成帮的人群,一碰上个把情急拼命者,也会溃散而逃。

现场只剩下这个没有爸爸的孩子了,他撒开腿朝田野奔去,因为他突然回想起了一件事情,顿使他痛下决心,想去投河自杀。

他回想起的是这么一件事:一个星期以前,有个靠乞讨为生的穷光蛋,因为没有钱而投河自尽,捞起来的时候,西蒙也在现场。他平时总觉得此人又脏又丑,样子很悲惨可怜,而今死去,脸色苍白,长长的胡子湿淋淋的,两眼平静地睁着,神情安详,留给了西蒙极为深刻的印象。围观人群中有的说"他一命呜呼了",有的则补充说"现在他完全解脱了"。西蒙想起了这件事,便决定投河自杀,因为他跟那个穷光蛋同样悲惨,那人没有钱,而他没有爸爸。

他来到河边,注视着流水,河水清澈,有几条鱼儿在追逐嬉戏，偶尔轻轻蹦起，捕食在水面上飞来飞去的小虫。他看得出神，就不再哭了，觉得鱼儿捕食的技能挺有意思。然而，尽管风暴平息片刻，却时有狂风骤起，将树木吹得哗啦哗啦作响，然后消失在天边，与此相似，"我没有爸爸，我要投河"的念头，不时干扰西蒙的内心，使他痛苦不堪。

天空晴朗，气温颇高。和煦的阳光照暖了草地，河水明亮如镜。哭过之后，西蒙一时颇感舒畅和困倦，特别想在这暖洋洋的草地上睡一大觉。

一只小青蛙从他脚底下跳出来，他想捉住，却让它逃掉了，他扑上去连抓三次，均未成功，最后，总算抓住了他的两条后腿，见那小家伙尽力挣扎，想要逃脱，他不禁笑了。青蛙将后腿往回一缩，再使劲一蹬，绷得笔直，如同两根棍子，两只有金丝边的大眼鼓得圆圆的，而两只前腿则像手臂一样不停地舞动。这使得他想起了一种用狭长条木片制成的曲状的玩具，也是如此用力一拉，就牵动了安置在上面的小兵木偶表演操练动作。于是，他又想到了家，想到了母亲，心里不胜悲伤，不禁又哭起来了。他浑身颤抖，跪倒在地，像在临睡前那样做祷告。但是，他抽泣得太急促，太剧烈，完全不由自主，实在祷告不下去了。他只好什么也不想，什么也不看，就一个劲地哭下去。

突然，一只沉甸甸的手按在他的肩上，一个粗声粗气的人问他："你为什么这么伤心，小家伙？"

西蒙回头一看，是一个留有小胡子、头上是曲卷黑发的高个子工人，正和蔼地瞧着他。他眼睛里、嗓子里正噙满了泪水，答道：

"他们揍我……就因为……我……我……没有爸爸。"

"怎么啦？"那人微笑着说，"可人人都有爸爸呀。"

西蒙仍在伤心地哭泣，他为难地又说："我……我……我没有。"

那工人听了，脸色变得很严肃，他认出来西蒙就是布朗肖特的儿子，他从外地迁来虽然不久，但也隐隐约约知道这个女人的身世。

"好啦，"他说道，"别哭了，孩子，你跟我一起回去找你妈妈。有人会让你……有个爸。"

两个一同上路往回走，大人牵着小孩的手。那人的脸上露出了微笑，能见识见识那位布朗肖特，倒也不错，据说那位当了未婚妈妈的年轻女人，是当地为数不多的美女之一。也许，这男人心里不无非分之想，觉得一个姑娘既然已经失身过一次，就可能再失身一次。

他们走到一所干干净净的白色小房子门前。

"这就是我家。"孩子说，接着就喊了一声："妈妈！"

一个女子走出屋来，那工人立即敛起了笑容，他一眼就看出，跟这个面色苍白的高个子年轻女人，是绝不能开玩笑的，她一脸严肃的神情站在门口，看样子根本不会让男人跨进门槛，走进这个她已经失身过一次的房子。这工人怯场了，手里拿着鸭舌帽，结结巴巴地说：

"喏，太太，我给您把孩子送回来啦，他在河边迷了路。"

但西蒙却扑上去搂住妈妈的脖子，一边说一边哭了起来：

"不是迷路，妈妈，我是想投河，因为有些孩子揍了我，揍我……因为我没有爸爸。"

那年轻女子羞惭得满脸通红，心里则有如刀绞，她紧紧抱住儿子，泪水哗哗地流满了脸颊。那男子站在一旁，很是感动，不知如何是好，不料，西蒙突然跑过来，问他：

"您愿意做我的爸爸吗？"

一阵尴尬的沉默。布朗肖特靠着墙，双手按在胸口，一声不吭，羞惭难当。孩子见那工人不回答，又说：

"您要是不愿意，我还要去投河。"

那人把此事且作为并不顶真的笑谈，一笑置之：

"好啊，我很愿意。"

"您叫什么名字？"孩子问道，"等别人问起来的时候，我好回答他们。"

"菲力普。"那人回答说。

西蒙沉默了一会儿，使劲把这名字记在脑子里，然后，深感欣慰地向他伸出双臂，说道：

"好哇，菲力普，你就是我爸爸了。"

那男人把孩子举起来，突然在他脸蛋上亲了两下，随即放下他就跨着大步赶忙离去。

第二天，西蒙一走进学校，迎接他的又是一阵恶意的笑声。放学时，那个为首的大孩子，又要把昨天的闹剧再上演一次，可是，西蒙就像朝他扔石子一样，劈面扔过去一句话："我有爸爸，他名叫菲力普。"

周围响起一片起哄声：

"哪个菲力普？菲力普什么？……菲力普是个什么东西？……你从哪里弄来的，你那个菲力普？"

西蒙不作任何回答，他打定主意铁了心，宁可受皮肉之苦，也决不在他们面前逃走，他用挑战的眼光跟那些寻衅者对峙着。最后，还是老师给他解了围，他才回到了家里。

一连三个月，那个高个子工人菲力普经常从布朗肖特的房前路过，有时见她在窗前做缝纫活，就鼓起勇气上前搭话。这年轻的女子总是彬彬有礼地作答，但从来都是一本正经，不苟言笑，更决不让他进屋做客。然而，他也像所有的男人一样，不免自命不凡，自我多情，总觉得这女子跟他交谈时，脸色要比平时显得娇羞绯红。

但是，覆水难收，名声一旦扫地，就势难恢复，更经不起任何风吹草动，尽管布朗肖特谨小慎微，处处检点，然而，当地人已经在闲言碎语，议论纷纷了。

西蒙倒是很喜欢他的新爸爸，几乎每天一忙完功课，傍晚都要跟新爸爸一起散步，他天天按时上学，从同学中间穿过时洋洋自得，根本不理睬他们。

但是，有一天，那个带头闹事的大孩子向他寻衅道：

"你吹牛，你根本就没有一个名叫菲力普的爸爸。"

"怎么没有？"西蒙情急冲动了起来。

那坏小子搓着手，得意地说：

"因为，你若是真有爸爸，那他就该是你妈妈的丈夫。"

这话讲得合情合理，叫西蒙心慌意乱，为之一怔，不过，他仍强答道："反正他是我爸爸。"

"这也可能，"那坏小子嘿嘿冷笑着说道，"不过，他还不能完全算是你爸爸。"

布朗肖特的儿子垂头丧气了，他边走边考虑，朝卢瓦宗老大爷的铁匠铺走去，菲力普就在那里干活。

铁匠铺完全被树丛遮住，里面很暗，只有大炉膛里的熊熊红火光焰闪亮，映照出五个赤着胳臂在打铁的工匠，铁砧上的锤打震耳欲聋。那五个汉子站在地里，像是火焰里的魔鬼，两眼紧盯着被他们锤打的那火红的铁块，全部思想只是机械地随着铁锤的击打而一起一伏。

西蒙走进去时，没有人注意他。他轻轻地拽了拽他朋友的衣服。菲力普转过头来，打铁的活儿立马就停了下来，旁边的人都关注地看着他，在这一阵不同寻常的静默之中，只听得见西蒙微弱的声音：

"我告诉你，菲力普，刚才米肖家的那个大小子对我说，你不能完全算是我爸爸。"

"为什么他这么说呢？"这铁匠问。

西蒙天真地答道：

"因为你不是我妈的丈夫。"

在场的人都没有笑。菲力普站在原地未动，两只粗大的手撑着铁砧上的锤柄，额头则靠在手背上。他正在思量。其他几个铁匠都看着西蒙，他在这几个巨人面前，显得更为小不点儿，他焦急地在等菲力普的回答。倒是其中的一个铁匠，突然开腔，道出了大家的想法，向菲力普提出建议：

"不管怎么说，布朗肖特是个善良的好姑娘，虽说碰见过倒霉的事，但是很坚强，人又规规矩矩，她要嫁给一个厚道的男人，准能成为一个好媳妇。"

"这话一点也不假。"其他三个伙伴也附和道。

那铁匠接着说：

"的确，那姑娘失过身，难道那是她的过错？肯定是那个男人答应过要娶她，据我所知，有很多女人过去都有她这种经历，如今都很受人敬重。"

"这话一点也不假。"那三个伙伴又一次同声附和。

那铁匠又继续说下去：

"可怜的女人，辛辛苦苦，孤孤单单，好不容易把自己的孩子拉扯大，自从被骗失身之后，她除了上教堂再也不出家门，只有上帝知道,她流了多少眼泪。"

"这话一点也不假。"伙伴们又应声附和道。

随后,大家都沉默不语,这时,只听见有风箱煽火的呼呼声。菲力普猛然弯下腰,对西蒙说了一句:

"去告诉你妈,今天晚上我要去找她谈谈。"

他推着孩子的肩膀,把他送了出去。

他回过头来又继续干活。五把大锤,都准确地击在铁砧上。几个人就这么打铁,一直干到天黑,他们个个强健有力,活跃欢快,都像劲头十足的铁锤。不过,正如在节日里,主教堂的巨钟总要比其他的钟敲得更响一样,菲力普的锤打声也盖过了其他人的锤声,他一锤紧接一锤,打个不停,锤声响亮,震耳欲聋。他两眼炯炯有神,挺立如铸,全力锻造,激奋狂热,周围火星四溅。

当他来到布朗肖特家前敲门时,已是星光满天了。出发前,他换上新衬衫与过节穿的外衣,胡子也修剪得整整齐齐。年轻的女人来到门口,为难地对他说:"菲力普先生,天这么黑你来我家,很不合适。"

菲力普想说点什么,但张口结舌,心慌意乱,傻站在她面前。

布朗肖特又说道:"您该明白,我不能再让人议论我了。"

一听此话,菲力普猛然开口:

"只要您愿意做我的妻子,还怕什么议论呢?"

布朗肖特没有吱声,不过,她似乎听见昏暗的屋里有人瘫倒在地的声响,就赶忙走进去。原来,西蒙已经上床睡觉,忽听见房外有接吻声,还有母亲说悄悄话的声音。而后,他就感到自己被他那个大个子朋友抱了起来,巨人朋友用臂膀将他高高举起,大声对他说:

"你去告诉那些同学,你的爸爸就是铁匠菲力普·雷米,谁再敢欺负你,你爸就要去拧谁的耳朵。"

第二天,学生都到校了,快要上课的时候,小西蒙站了起来,脸色发白,嘴唇颤抖,用响亮的声音说道:

"我爸爸,就是铁匠师傅菲力普·雷米,他说了,谁再敢欺负我,他就要拧谁的耳朵!"

这一下子,谁都不敢笑了,因为,大家都认识那个铁匠菲力普·雷米,有他这么一个人当爸爸,任何孩子都可以昂首挺胸,骄傲自豪。

瓦尔特·施那夫斯奇遇记

　　自从随军入侵法国以来，瓦尔特·施那夫斯觉得自己处处背时不顺，要算是最为不幸的人了。他身体肥胖，走起路来很费劲，老是喘气，他那双又肥又厚的平脚板，因不断地赶路，痛得他苦不堪言。何况，他这个人生性爱好和平，心地厚道，虽说不上是菩萨心肠，也绝非杀戮成性，他有四个孩子，对他们甚为钟爱，他妻子是个金黄色头发的少妇，每天晚上，他都要怀念妻子款款的温情、入微的体贴与销魂的情爱，异地相思，他实在是很苦。他在军中，早晨懒得起床，晚上早早就寝，碰到好吃的东西，他总是细嚼慢咽，仔细品尝，不时，还要到小酒馆去喝喝啤酒。他常这样想，人一死，世上一切良辰美景、欢快幸福岂不立即就化为乌有；因此，他打心眼里对大炮、步枪、手枪与军刀，怀着一种强烈的憎恨，既出于本能，又来自理性的思考，特别对刺刀，他更是恨之入骨，觉得自己不会用这种玩意来灵活而快速地保卫自己的大肚子。

　　每当夜幕降临，他裹着大衣躺在地上睡觉，旁边是鼾声如雷的弟兄，这时，他总要久久地思念着留在家乡的妻子儿女，想着自己前进路上的危机四伏。他想，如果他吃枪子丢了命，那他的孩子们怎么办？谁来养活他们？谁来培养他们？以目前的情况而言，他们过得就不富裕，虽然，他在临出发的时候曾借了一笔钱留给他们维持生活。瓦尔特·施那夫斯这么想着想着，有时禁不住就哭了。

只要每次战斗一打响，他就觉得两腿发软，真想就地躺下不动，但是，又害怕整支队伍会从他身上踩过。到了战场，子弹从他身边呼啸而过，吓得他全身的毛发都倒竖立起来了。

九个月来，他一直就这么心惊肉跳，惶恐不安，度日如年。

他所属的那个兵团向诺曼底进发。有一天，他奉命跟一支小分队外出侦察，任务很简单，无非是到某个地区察看一番，而后立即撤回。田野里一切似乎都毫无动静，丝毫看不出有对方抵抗的迹象。

于是，这些普鲁士人放心大胆走进了一个沟壑纵横的小山谷。突然，枪声大作，猛烈的火力阻挡了他们的去路，他们队伍中立即有二十来人被撂倒。一支游击队从一个巴掌大的小林子里迅猛冲出，刺刀上膛，直扑而来。

瓦尔特·施那夫斯起初愣在那里没动，敌人突如其来，他一时不知所措，竟忘了赶快逃命。随后，他才拔腿就逃，但立即又意识到自己绝对跑不过那些精瘦精瘦的法国人，他们像一群山羊那样连蹦带蹿，而自己却慢得像一只乌龟。这时，他看见，在他前方六步开外有一道宽宽的地沟，上面长满荆棘并有枝叶掩盖，他猛然双脚一并，纵身往沟里一跳，也顾不上沟有多深，正如从桥上往河里一跳那样。

他像一支箭，穿过一层厚厚的藤叶与尖利的荆棘，沉沉地跌坐在一堆石子上，脸与双手都被荆棘划破了。

他立即抬头一看，从自己所穿透的窟窿里，可以望见一块天空。他害怕这个窟窿可能使他暴露，赶紧手脚并用，小心翼翼地在沟里爬行前进，靠头顶上缠绕的藤枝当掩护，他尽可能地快爬，想离开战场远一些。爬了一阵子之后，他停下来，重新坐下，像一只野兔，躲藏在深深的枯草丛中。

有一段时间，枪声、叫喊声与呻吟声仍清晰可闻。后来，战斗的嘈杂声渐渐减弱，终于，完全消失。一切归于平静，寂寥无声。

突然，有个东西在他身边一动。吓了他一大跳。原来是一只小鸟落在一根树枝上，晃动了干枯的树叶。瓦尔特·施那夫斯被这事吓得好半天都没有缓过神来。

夜幕渐渐降临，沟里也更暗了。这个普鲁士大兵开始盘算起来：他该怎么办呢？他会有什么遭遇？回自己的部队去吗？怎么回去呢？从什么地方回去？如果回部队的话，那他又要去过开战以来那种叫他苦不堪言的生活，每天忧心忡忡，惊恐不安，疲劳难耐，痛苦不堪！不！他觉得自己再也没有过那种生活的勇气了！再也没有毅力去承受行军途中的劳累、去面对无时无刻都可能发生的凶险。

可是，到底怎么办呢？他总不能老待在这条沟里，一直到战争结束。不行，当然不行！如果一个人不吃饭肚子也不饿，这种前景倒也并不可怕，但一个人需要吃呀，每天都需要吃呀！

他眼见自己佩带着武器，穿着军装，就这么孤零零深陷在敌后，远离那些能救助他的同伴战友，他就不禁全身战栗。

他突发奇想："如果我当上俘虏就好了。"此一奇想既出，他的心就兴奋地跳动起来，"当法国人的俘虏"，成为了他强烈的、不可抑制的愿望。对！当上俘虏，就算得救了！关在看管严密的牢狱里，有吃有住，枪弹打不着，刺刀碰不上，什么都不用害怕了。就这么当俘虏，多棒！

他立即打定了主意：

"我要去投降当俘虏！"

他站起身来，决定刻不容缓地去实施这个计划。刚想到这个想法，他又呆立着不动了，心里又突然冒出令人烦恼的念头与新的顾虑。

他上哪儿才能当上俘虏呢？怎么去当呢？奔哪个方向去？一瞬间，一幅幅可怕的画面，一幕幕死亡的情景，全涌入了他的脑海。

他独自一人，头戴尖顶钢盔，在田野里乱闯，那肯定会碰到致命的危险。

如果碰到当地的农民呢？他们看见他这么一个掉队的普鲁士大兵，一个没有自卫能力的敌兵，肯定会把他弄死，就像弄死一条野狗似的！他们会用长柄叉、鹤嘴镐、镰刀、铁铲把他干掉！他们会狂热地发泄被侵占民族的一肚子愤恨，将他捣成一堆肉泥，一摊肉酱！

如果碰到法国的游击队呢？那批家伙可都是些无法无天、胡作非为的疯子，他们光为了开开心，光为了消磨时间，光为了取笑他的惨状，也会把他毙掉。想到这里，他觉得自己似乎已经背靠墙壁，面对着十多支步枪，黑圆黑圆的枪口正盯着他呢。

如果碰到法国正规军呢？他们的先头部队会把他当作对方一个胆大包天、狡诈非常的老油子侦察兵，肯定要把他射杀掉。他仿佛已经听见隐卧在荆棘丛中的法国兵，射出来的参差不齐的枪声，而他呢，暴露在一块田野中央，被子弹打得全身是孔，慢慢瘫倒在地，还可以感到一粒粒子弹钻进肉里的那种锐痛。

这么想着想着，他感到绝望极了，处境险恶，毫无出路，他无可奈何，又一屁股坐在地上。

夜幕突然降临，一片晦暗，万籁无声。他待在那里一动不动。夜色中只要有一点轻微的陌生的声响，他都要吓得打哆嗦。正好有只兔子屁股擦到窝边发出了响声，险些吓得瓦尔特·施那夫斯拔腿就逃。猫头鹰的叫声，更是把他的心撕碎了，使他感到一阵阵突如其来的恐惧，其痛楚的程度实在不压于一道道伤口。他瞪着一双大眼，使劲在黑暗中搜索，他仿佛听见无时无刻都有人在走近他。

漫漫长夜，极为难熬，如同在地狱中受罪，他总算透过头顶上树枝所构成的顶棚，看见天空渐渐亮白。这时，他才感到浑身轻松，四肢舒畅，元气陡增；他的心境平静下来，眼睛一闭，立即就进入了梦乡。

当他一觉醒来，太阳好像已经升到了顶空，该是晌午时分了。田野上一片死寂，没有任何声响打破这份宁静。这时，瓦尔特·施那夫斯突然发现自己已经饥肠辘辘，难忍难熬。

他连连打了几个哈欠，他不禁想到了香肠，一想到在部队里吃的美味香肠，他就口水直流，胃里饿得发疼。

他站起身来，走了几步，感到两腿发软，只好重新坐下细细思量。他足足思量了两三个钟头，一时这么想想，一时又那么想想，翻来覆去，不断改变主意，变更决定，各式各样的理由，互相矛盾冲突，使得他摇摆不定，左右为难，无所适从，懊恼沮丧。

终于，他觉得有一个主意倒还合情合理，切实可行，那就是暗地等候有个老乡打这里经过，只要那个人手里没有武器，也没有带可以伤人的工具，他就赶紧迎上去，让对方明白他是来投降的，然后任对方处置。

于是，他脱下尖顶盔，因为怕那尖顶会暴露自己，然后小心翼翼把头探出了藏身的地沟。

四周，远近都没有一个人影。在右边的远处，有一个小村庄，屋顶上炊烟缕缕，这就表明有人在做饭！在左边的远处，一条林荫路的尽头，有一座巨大的城堡，它的两翼是高耸的塔楼。

他就这么一直等着，直到天黑。除了阵阵飞过的乌鸦外，什么也看不见，除了自己饥肠辘辘的声响外，什么也听不见，时间难熬，真叫人受不了。

夜幕又一次笼罩了他。

他在隐蔽处躺下，因为饿着肚子，睡得极不安稳，迷迷糊糊，噩梦不断。

晨光又重新照临他头上。他又开始进行守望。但田野上渺无人迹，跟昨天一样。这时，他心里突然产生了一种新的恐惧，那便是害怕饿死！他仿佛看见自己直挺挺地仰面躺在沟底，双目紧闭。接着，就有好些虫子，各种各样的小虫子纷纷爬到自己的尸体上来，开始咬肉吸血，它们一拥而上，全面侵袭，在他衣服的底下爬行攒动，噬食他冰凉的躯体，而一只乌鸦，正用坚硬的利喙，啄食他的双眼。这么一想，他简直就要急疯了，他感到自己眼见就要饿得瘫痪了，再也走不动路。于是，他决定豁出性命，冒死一试，准备向村庄奔去投诚，正当此时，他看见三个老乡肩扛长柄叉，朝地里走去，他赶紧又缩回地沟里。

一直又到了夜幕降临大地的时候，他不失时机悄悄地爬出地沟，猫着腰，胆战心惊地朝远处的城堡走去，他宁肯去城堡而不愿去那个村庄，他觉得那里很可怕，就像有一窝老虎的洞穴。

城堡底层的窗户都透出灯光，其中有一扇窗还大大地敞开着，一阵浓浓的烧肉香从里面冲出来，直扑瓦尔特·施那夫斯的鼻孔，钻进了他的五脏六腑，使得他全身抽搐，呼吸急促，勇气骤增。他有了一股子为吃上一口而胆大妄为的劲头。

于是，他不假思索，戴着尖顶盔就冒冒失失出现在那个窗口。

屋里有八个仆人，正围着一张大桌子吃晚饭。突然，有个女仆吓得张大了嘴，两眼直瞪，一动不动，手里的杯子砰然掉在地上。其余的人，都跟着她的目光看过去！

他们瞧见了敌人！

老天爷啊！普鲁士大兵攻进城堡了！……

开始，就这么一声惊呼，由八个不同的嗓音同时发出的惊呼，吓得人心惊胆战，毛骨悚然，紧接着，在场的人争先恐后站起来，一阵拥挤，一阵混乱，纷纷朝屋子尽头的一扇门逃去。椅子翻倒了，男人把女人挤倒在地，并从她们身上踩过去。转眼间，人就跑空了，只剩下那张堆满了食物的桌子，瓦尔特·施那夫斯则呆呆地站在窗前，对眼前的这一幕感到莫名其妙。

他迟疑了一会儿，就爬过窗台，朝那一桌食物走去。他已饿得发昏，就像发烧一样全身发抖，但由于害怕，他怯生生地停滞不前。他竖耳细听周围的动静。整幢房子似乎都在颤抖，有人在乒乒乓乓关门，有人在楼上地板上慌慌张张跑来跑去。这位普鲁士大兵惶恐不安，他使劲监听着这一片嘈杂声，接着，他又听见几记沉闷的声响，好像有人从二楼跳了下来，身子摔在墙根的软土上。

而后，所有一切活动，一切骚动都停止了，整个一个大城堡变得死寂无声，像一座坟墓。

瓦尔特·施那夫斯在一份未动用过的盘碟前坐下来，开始吃将起来。他狼吞虎咽，似乎唯恐有人前来搅局，打断他的美餐，叫他不能尽兴。他双手并用，将食物直往嘴里塞，那嘴张得老大，像一个陷阱，大块大块的食物接二连三掉进他的胃里，经过咽喉时，把他的脖子都胀粗了。有时，他也暂停一下，以防填得太满的食道被撑破。此时，他就拿起那罐苹果酒，来冲洗自己的咽喉，就像冲洗堵塞了的管道。

他将大大小小的菜盘菜碟和所有的酒瓶，都一扫而光。酒足饭饱，脸泛红光，满嘴油亮，醉意醺醺，连连打着饱嗝，脑子也发晕了，他把军服的纽扣解开，以便呼吸舒畅，但要挪动一步，他就完全做不到了。他的眼睛慢慢合上了，脑子里一片空白，双手交叉在桌面上，他把头枕着自己的手臂，不一会儿，他对周围的一切全失去了知觉。

月亮幽幽地照着花园里那片树木之外的大地。这是黎明前寒冷的时刻。

矮树丛中，有许多人影在悄无声息地偷偷移动，在黑暗里，不时有一两把铜铁利器的尖梢，被缕缕月光照得闪闪发亮。

城堡静静地耸立着它黑魆魆的庞大的身影，只有底层的两房窗户犹有灯光。

突然，一声大吼，如雷贯耳：

"前进！他妈的！冲啊！小伙子们！"

一转眼，房门，窗板，玻璃窗全都被一大股人流冲开。这群人横冲直撞，乱砸乱摔，迅速抢占了整幢房子。又一眨眼，五十个武装到头发的士兵，蹦进厨房，瓦尔特·施那夫斯正在那里呼呼大睡，五十枝上膛待发的枪一齐对准了他的胸口，他们将他打翻在地，揍得他满地乱滚，之后，才把他抓起来，从头到脚捆个结结实实。

他昏头昏脑，搞不清眼前发生了什么事，他挨了打，遭了揍，害怕得快要发疯，只是目瞪口呆地待在那里粗声喘气。

突然，一位军服上镶着金线的胖军官，一脚踩在他的肚子上，大喝一声：

"你被俘虏了！投降吧！"

这个普鲁士大兵只听懂了"俘虏"这个词，他呻吟着连连应声：

"是的，是的，是的！"

他被揪了起来，捆在一把椅子上，战胜了他的那些人，张着大嘴直喘气，用非常好奇的眼光审视着他。其中有几个因为又累又兴奋,已经支撑不住,而坐了下来。

瓦尔特·施那夫斯脸上露出了微笑,他,现在的确是面带微笑,因为他确认自己终于当上了俘虏!

又进来了另一位军官,他通报:

"上校,敌人已经逃跑,他们有些人大概都被我们打伤了。我军已经控制了全局。"

那胖子军官正在擦额头,听到后就大声宣布道:

"我军胜利了!"

他从口袋里掏出一个小小的商用记事本,在上面作了记录:

"经过一场激烈的战斗,普军最后边战边退,携带着伤员仓皇逃走。据不完全估计,敌方有五十余人失去了战斗力,有多人被我军俘获。"

那年轻的军官又请示:

"上校,我该再作哪些部署?"

上校答道:

"为避免敌军以炮兵部队与优势兵力增援后进行反扑,我们应该立即撤退。"

于是,他发了一道转移令。

在城堡墙下的阴影里,这支法国队伍列队集合,开始转战他处,他们把被捆的瓦尔特·施那夫斯团团围在中央,还有六个荷枪实弹的战士看押着他。

司令官派出好几批侦察兵前去打探前方敌情,这支队伍小心翼翼地向前进发,时不时,就停下来歇上一阵子。

太阳升起时,队伍到达罗施——瓦泽尔专区政府的所在地,这支建立了赫赫战功的队伍,原来就是该专区的国民自卫队。

早已等候在那里的老百姓,急躁难耐,精神格外亢奋。他们一看见俘虏的铜盔,便爆发出一片震天的叫喊声,妇女们振臂欢呼,一些老太太则感动得哭了,有位老大爷义愤填膺,把自己的拐棍扔出去打那个俘虏,却误中了一个看押者的鼻子。

司令官不断高声大嚷:

"大家注意,要保证俘虏的安全!"

队伍终于到达了市政府。监狱的门也打开了,瓦尔特·施那夫斯松绑后被投进了监狱。

在监狱四周站岗放哨的,足有两百个全副武装的战士。

这个普鲁士大兵,虽然因为暴食暴饮了一顿而肠胃难受,此时却高兴得几乎发疯,他手舞足蹈,拼命地跳,大声地欢呼狂叫,一直折腾到筋疲力尽,倒在墙脚才完事。

他真的当上俘虏了!他真的保住了自己的小命!

香比尼城堡被普军占领,但为时不长,仅仅六个小时之后,我军即胜利收复。以上就是收复之战的过程。

在罗施——瓦泽尔专区国民自卫队中任上校之职的呢绒商罗什——瓦赛尔,率部立下了这场战功,因此,他荣获勋章。

烧伞记

奥莱依太太十分节俭，凡事都精打细算。她深知每一个铜子的可贵，为了积攒钱财，她奉行一大套法规守则，从不逾越半步。她的女仆想在柴米油盐上报虚账揩油，那简直比登天还难，即使是她丈夫奥莱依先生要弄点零用钱，那也得费好大的劲。其实，他们家的经济状况甚为宽裕，况且，又无儿女负担。但是，对奥来依太太来说，眼见白花花的银币从手里流出去，那就是一种天大的痛苦，无异于从她身上挖掉一块肉。每当要支出一笔数目较大的款子，即使该支出绝无任何省免压缩之余地，她也难受得彻夜不眠。

奥莱依经常对自己的太太说：

"既然我们的收入绰绰有余，从未动过老本，你也该松松手了。"

太太答道：

"天有不测风云，谁知道什么时候要有大笔花销，钱还是多攒一些为好。"

她是个小个子女人，已经四十岁了，灵活多动，脸上有皱纹，爱好整洁利索，经常生气发火。

她丈夫时不时就要抱怨她老让自己在这种节衣缩食的日子里受罪，有些东西欠缺得使他尤为难堪，因为实在是有损他男子汉的尊严。

奥莱依是国防部的高级雇员,他之所以在政府供职完全是听命于太太,为的是另辟财源,增补家里原有的积蓄。

可是,两年以来,他老是挟着那把打着补丁的雨伞上班,成了同事们的笑料。他终于忍受不了这班人的嘲笑,坚决要求太太给他另购一把新伞。奥莱依太太从一家大百货店的降价柜台上,买了一把八法郎五十生丁的廉价伞给他,部里的同事一看见这样一把在全巴黎满街上都有的便宜货,又开始冷嘲热讽了起来。奥莱依羞愧难当,无地自容。这把伞果然毫不顶用,不过三个月,就破损不堪,没法再使了。这在部里又招来了一番哄笑。有人还编了一支小曲在部里传唱,从早到晚,从楼上到楼下。

奥莱依忍无可忍,命令妻子重新给他买一把新伞,必须是优质的绸面伞,要二十法郎一把的,还一定要取发票为证。

她打了个折扣,只买了一把十八法郎的,然后,怨气冲冲,满脸恼怒,将伞往丈夫面前一摆,命令道:

"这把伞,你至少得用五年。"

奥莱依得意扬扬,在办公室里获得了一片喝彩声。

傍晚,他回到家里,太太盯了一眼他那把伞,带着担惊受怕的神情,告诫他说:

"你不该用松紧带箍着伞,那会把丝绸伞面箍坏的。你该爱惜着用,我决不会三天两次再给你买新伞。"

她把伞拿过来,解开带扣,将折褶抖开,顿时,她惊呆了,伞面的中央部分,竟然有一个钱币大小的窟窿赫然在目,是烟头烧的!

她气急败坏地追问:

"这是怎么回事?"

她丈夫若无其事,没有正眼瞧她,答道:

"谁呀，什么怎么回事？你说什么来着？"

她怒不可遏，语不成声：

"你……你……你烧了……你的伞，你是……疯了！你是要咱们倾家荡产呀！"

他转过身来，脸色变得惨白：

"你说什么？"

"我说你烧坏了你的伞。你瞧，你瞧。"

她朝丈夫扑过去，气势汹汹，就像要揍他一顿，并把伞上的小圆窟窿，恶狠狠地杵到他鼻子前。

他看着这个窟窿，不知所措，嘟嘟囔囔地说：

"这个，这个……这是怎么回事？我，我可不知道！我向你发誓，这不是我弄的，我不知道这把伞是怎么回事。"

这时，她嚷了起来：

"我敢担保，你一定是在办公室里拿伞闹着玩了，用它耍杂戏了，逢人便打开去显摆显摆。"

他辩解道：

"我只打开过一次，让大家看看这伞多漂亮，就这么回事，我向你发誓。"

但她仍不依不饶，使劲跺脚，大发雷霆，家庭内战的这种架势，对于他这样一个爱好和平的男人来说，简直比实战中枪林弹雨的场面更为可怕。

她从旧雨伞上剪下一块绸子补在圆窟窿上，只是颜色不同。第二天，奥莱依挟着这把补丁的伞，老实巴交地上班去了。他把伞往柜子里一搁，再也不去想它，就像抛开一段痛苦的回忆。

但是，到了晚上，他刚跨进家门，太太就将那伞一把抓过去，撑开来加以察看，一场无可挽救的灾难赫然在目，看得她目瞪口呆，心惊肉跳。原来那伞面上布满了马蜂窝般的小窟窿，显然都是被烧坏的，好像有人把燃着的一斗烟灰全倒在上面了。这伞完蛋了，无药可救！

她两眼紧紧地盯着，愤怒得上气不接下气，说不出一句话来。奥莱依也一样，全神盯着那把伞，呆若木鸡，既惊愕不解，又沮丧害怕。

然后，两夫妻互相看了一眼，但先生立即把眼光垂下。愤怒的太太将破伞直朝他脸上扔去，在歇斯底里的狂怒中，她又高声吼骂起来：

"啊，你这个坏蛋，坏蛋，你是故意的！你得为这事付代价，倒大霉的！你再也甭想买伞了！"

接下来，又是一场责骂，风暴持续了个把小时，最后，总算轮得上他分辩两句了。他发誓对雨伞被毁一事毫不知情，他认定是有人出自恶意，存心报复，除此以外，不可能有别的缘故了。

此时，门铃响了起来，将他从太太的指责中解救出来。来者是一位朋友，应邀来吃晚饭。

奥莱依太太向这位朋友投诉了雨伞被毁事件，至于想再买一把新伞，那是做梦！她丈夫永远也甭想买伞了。

这位朋友不以为然，他倒言之成理：

"夫人，照您这么办，他这身衣服很快会淋坏的，衣服肯定比伞更贵。"

这小个子女人仍然怒气冲冲，反驳道：

"那么，就让他用厨娘的那把伞好了，我不会再给他买绸缎面的新伞。"

听这话，奥莱依奋起反抗，他宣称：

"你要这么做，我就去辞职，我，我不能拿着厨娘的雨伞到部里去上班。"

那位朋友又打圆场说:

"把伞送到店里去换个面,花不了多少钱。"

奥莱依太太又火了起来,结结巴巴说:

"换个面至少得八法郎,加上原来的十八法郎,总共是二十六法郎,为一把雨伞花二十六法郎,简直就是疯了,是神经有病!"

这位朋友是个家境贫寒的市民,灵机一动,想出了一个好主意:

"去要你们的保险公司付钱呀,保险公司应该赔偿被烧毁的物品,只要是在你们家里被毁的就行了。"

一听这个高招,小个子的奥莱依太太立即平静下来,她考虑了一下,对丈夫说:

"明天你去部里上班之前,先到马代纳尔公司去一趟,让他们看看你的伞,要求他们赔偿。"

奥莱依先生吓了一跳:

"我可怎么也不敢去!不就是损失十八个法郎吗,如此而已,缺这点钱我们又不会饿死!"

第二天,奥莱依先生出门不带雨伞,而是带了一根手杖,幸亏运气不错,天晴未雨。

太太一人独自在家,为损失了十八个法郎而心里难受。那把雨伞仍放在餐厅的桌子上,她围着餐桌转来转去,始终拿不定主意。

她一心在打那家保险公司的主意,但她实在不敢去领受公司接待员嘲讽的目光,因为她一到人前就容易怯场,为一点鸡毛蒜皮的小事也会羞红了脸,跟陌生人说话打交道,总是不知所措。

但是,十八法郎的损失,就像一个伤口那样让她痛苦。她实在不愿为此事烦心,但这笔损失的记忆却挥之不去,纠缠不休,搅得她坐立不安。怎么办呢？时间一分一秒地过去，她仍然犹疑不决。突然，她像胆小鬼吃了豹子胆，猛下决心：

"我去保险公司，咱们走着瞧吧！"

不过，她先得在这把伞上做点手脚，使灾情显得颇具规模，以便赔偿的要求易于为对方接受。她从壁炉上拿来火柴，把两根伞骨之间的伞面烧掉巴掌大的一块，然后，将残破的绸面仔细地卷将起来，再用松紧带把伞箍好，这才披上披肩，戴上帽子，急促地朝保险公司所在的里伏利街走去。

可是，离保险公司越近，她的脚步却越慢。她怎么对他们说呢？那些人又会怎么回答她呢？

她看着一家家店铺的门牌号。还有二十八个铺面，太好了！她还有时间思考思考。她走得越来越慢。猛然，她吓了一跳，她已经到了保险公司的门前，门上有金字招牌闪闪发亮："拉·马代纳尔保险公司，专营火灾保险业务。"这么快就到了！她停步一两秒钟，心里既焦躁又羞惭，然后，她走过那门面，一会儿又返回来，再走过去，又返回来。

终于，她下定决心：

"怎么也得进去，早进去比迟进去为好。"

但是，一走进保险公司，她发觉自己的心在激烈地跳动。

她走进一间宽敞的大厅，四周有一些窗口，每个窗口都露出一个男人的脑袋，其身躯则被隔板遮住了。

一位先生走了出来，手里拿着文件，她停步下来，怯声怯气地问道：

"对不起，先生，您能不能告诉我，要求赔偿被烧毁的物品，得找哪个部门？"

那位先生嗓音响亮，答道：

"二楼,左边,灾难办公室。"

灾难一词使她愈加发怵,她想溜之大吉,就此收兵,舍弃那十八个法郎了事。但是,刚一想到这笔钱,她又恢复了勇气,于是,她上气不接下气地上了楼,每上一个台阶就暂歇一下。

到了二楼,她看到那个办公室的门,敲了一下,室里有清脆的声音答道:

"请进!"

她走进办公室,但见宽敞的房间里站着三位先生,胸前都佩戴着勋章,表情凝重,正在商谈着什么事。

其中一位问她:

"夫人,有何贵干?"

她不知说什么是好,结结巴巴地答道:

"我来……我来……是为……是为一桩灾难。"

这位先生彬彬有礼,指了指一把椅子,说:

"请您坐下,我马上就来跟您谈。"

他转向另外两位先生,接着他们原来的话题继续说:

"先生们,敝公司认为,对你们应赔偿的数目不能超过四十万法郎,你们要求我方再多付十万法郎,我们不能同意。再说,估价问题……"

那两位先生中的一位打断了他的话,说:

"先生,咱们先谈到这里,法庭会做出判决的。我们只好告辞了。"

那两人又是致意,又是握别,把告别的礼数用尽后,才走出了房门。

啊,如果她有勇气跟着这两个人走出房间,她一定这么做了,她宁可临阵脱逃,放弃一切!但她能这么办吗?那位主管先生送客

回来,对她欠了欠身,问道:

"夫人,有什么事需要我效劳?"

她嗫嗫嚅嚅,几乎说不出口:

"我来是为了……为了这件事。"

那位主管低头看了一下她递过来的那把伞,脸上流露出率真的诧异惊讶神色。

她用哆哆嗦嗦的手,去解除箍在雨伞上的松紧带。经过好一番努力,终于将它解开,然后她猛地一下打开了支离破碎的伞架。

那位先生用同情的口气说:

"这伞确实坏得够呛。"

她有点迟疑地说:

"我花了二十法郎买的。"

"是吗?这么贵!"他惊讶地说。

"的确贵,它原来非常漂亮。我请您看看这伞现在毁成什么样子了。"

"很好,我看清楚了,毁得够厉害的。可是,我不知道这同敝公司有什么关系。"

她感到不安了,这家公司也许不赔偿小物件的损失,但她仍要一试,说:

"可是……它确实烧坏了……"

这位先生对此并不否认:

"确实烧坏了。"

她无言以对,张口结舌。这时,她猛然明白过来了,发觉自己忘了说明来意,就连忙补充说:

"我是奥莱依夫人。我们是在贵公司投了保的,我来此是要求赔偿损失。"

她害怕对方会断然拒绝，连忙又补了一句：

"我只要求贵公司给我换个伞面。"

这位先生感到为难了，他说：

"可是……夫人……我们不是卖伞的，我们无法承担这类小修理的事。"

这小个子女人觉得自己已经定下了神。必须据理力争呀。那么就去争个水落石出吧！这时，她胆子壮了，坚持自己的要求说：

"我只是要求贵公司付修理费，我自己会去找人修理。"

这位主管显得有些尴尬，说：

"夫人，说实在话，这没有几个钱。从来没有人要求我们赔偿如此微不足道的损失。您应该明白，像手绢、手套、扫帚、旧鞋子所有这些东西，既不值钱，每天又容易被火烧毁，我们是无法赔偿的。"

奥莱依太太满脸涨得通红，火气直往上冲：

"可是，先生，去年十二月，我家壁炉失火，至少给我们造成了五百法郎的损失，我家的先生并没有向你们索赔，因此，公司今天为我这把伞支付修理费，是再公道不过的！"

主管先生看出她在说谎，就笑嘻嘻地对她说：

"夫人，您得承认，你们家的奥莱依先生遭受五百法郎的损失而不来索赔，却要我们赔偿五六个法郎的修理费，这不是件怪事吗？"

奥莱依夫人方寸不乱，镇定如故，立即进行反驳：

"对不起，先生，那五百法郎的损失是由奥莱依先生掏腰包，这五六法郎的修理费，得由奥莱依夫人来承担，这不是一回事。"

那位先生看出来自己很难摆脱这个女人的纠缠，而且，一

陷进她这个泥坑里,他整这一天就都完蛋了,于是,他口风松动了,说:

"请说说,火灾是怎么发生的。"

奥莱依太太感到胜利的曙光在望,就编起故事来:

"先生,在我们家的前厅里,有那么一个青铜器具,用来插伞与手杖。那一天,我回家后就把伞插在里面。我得告诉您,就在那铜器的上边,有一块放蜡烛与火柴的小板。我伸手拿来四根火柴,划了一根,没着。我又划了一根,着了,可立即又灭了,我又划了第三根,还是灭了。"

主管先生打断她,说了一句俏皮话:

"是政府批准上市的火柴吗?"

她没有听懂其中的弦外之音,只顾继续编下去:

"大概是吧,第四根火柴总算着了,我点上了蜡烛,就进卧房睡觉去了。可是,过了一刻钟光景,我似乎闻到了一股烧焦的气味。我这个人呀,从来就最怕火灾。要是我家出来什么事故,那绝不是因为我不小心!特别是自从刚才告诉您的那次壁炉失火事件之后,我总是提心吊胆地过日子,于是,我立即起床,走出卧室,到处寻找,像猎犬一样这里闻闻,那里闻闻。最后,才发现是伞烧着了。很可能是有一根火柴掉进去了,您瞧瞧,它烧成什么样子了……"

主管早已胸有成竹,他问:

"您估计得赔多少钱?"

埃莱依太太不敢贸然开价,她先是一声不吭。过了一会儿,为了显示自己慷慨大方,她说:

"您去找人修理吧,我全都听您的。"

对方不同意,说:

"那不行，夫人，我不能这么办。您给我开个价吧！"

"可是……我觉得……您看，先生，我并不想占您的便宜，咱们这么办吧，我把伞送到伞店去，换上一个优质耐用的绸面，随后我把发票给您送来，这样行吗？"

"好极了，夫人，就这么一言为定。这是给出纳科的一张便条，他们会给您报销修伞费用的。"

随即，主管先生把便条交给了奥莱依太太，她接过后，便起身离去，边走边道谢，她唯恐这位先生反悔改主意，急急忙忙就走出了保险公司。

现在，她迈着轻快的步子走在大街上，要找一家铺面堂皇高雅的伞店。她终于发现有一家正符合她的高标准，便走了进去，用斩钉截铁的语调吩咐道：

"这把伞要换一个绸面，必须要上等的优质绸，反正要用你们店最最好的料子，你们开什么价，我都不在乎。"

莫兰这头公猪
献给乌迪诺先生

一

"请等一等,我的朋友,"我对拉巴尔布说,"你刚才又提到'莫兰这只公猪'几个字。见鬼,为什么我从来没有听人谈起莫兰时不把他叫'公猪'的呢?"

拉巴尔布如今已经当上议员,他一听我的问话,就像猫头鹰一样瞪着眼睛瞧着我:"怎么?你不知道莫兰的故事,亏你是拉罗舍尔①的本地人。"

我承认自己没听说过莫兰的故事。于是,拉巴尔布搓了搓手,开始给我讲这个事件:

"你认识莫兰,对吧,你还记得吗?他在拉罗舍尔河边大道开过一家服饰店,规模相当大。"

"是的,我完全记得。"

"很好。事情经过是这样的,在一八六二年或一八六三年,莫兰为了观光游玩,到巴黎来过半个月,不过借口是到这里来采购货物。你知道,对一个外省人来说,在巴黎过上半个月,那意味着什么。那简直就是往你血里点了一把火,每天晚上可以观赏各种各样的演出,与形形色色的女人摩肩接踵,整个人的精神都会处于持续

---

① 拉罗舍尔,法国西部海滨城市。

的兴奋状态，人会变得变质失态。两眼所见，只有身穿紧身衣的跳舞女郎，袒胸露臂的女艺人，圆润的大腿，丰腴的肩膀，所有这一切都近在咫尺，可是既不能碰，又不能摸，犹如远在天边，无可奈何，只能偶尔去吃一两顿低级菜肴，聊以解馋。离开巴黎的时候，仍然春心荡漾，心火旺盛，嘴唇痒痒的，渴望着亲嘴接吻。

"莫兰买好车票，准备晚上八点四十分乘快车回拉罗舍尔，直到此时，他还处于上述那种魂不守舍的状态。他怀着依依不舍、惋惜烦乱的心情，在奥尔良火车站的大厅里踱来踱去。突然，他在一个年轻女人的跟前站住。这女子正在和一位老太太拥抱告别，短短的面纱已经撩起。莫兰大为惊艳，不禁心醉神迷，低低叹了一声：'哎哟！好一个美人！'

"那女子向老太太道别后，走进了候车室，莫兰跟踪而至；她走过月台，莫兰又紧跟其后；她登上一节空车厢，莫兰也跟着进去了。

"乘快车的旅客很少。火车鸣过汽笛，很快就开动了。车厢里只有他们两人。

"莫兰贪婪地盯着她。她看上去大约十九到二十岁。头发金黄，身材修长，举止大方。她取了一条旅行毛毯裹着双腿，躺在长椅上闭目休息。

"这时，莫兰暗自思忖：这是一个什么样的女子呢？无数的猜想、无数的计划在脑海里纷至沓来，一一闪现。他对自己说：火车上的艳遇，听人讲过不知有多少。也许今天我碰上的就是一桩。谁知道呢？好运说来就来，叫人喜出望外。看这样子，我只需拿出勇气就行了。丹东[①]不是说过吗："勇敢，勇敢，再勇敢。"这话

[①] 丹东（1759—1794），法国大革命时期的政治领袖。

如果不是丹东说的,那就是米拉波①说的。究竟是谁说的,无关紧要。不错,我缺少的正是勇气。这是成败的关键所在。唉,要是我能洞察一切,能看透别人的心灵深处,那就好了!我敢打赌,我们每天都跟各种各样的良机好运擦身而过,只不过没有察觉而已。其实,她只要稍作表示,就可以让我明白她也巴不得……

"于是,他就开始设想如何猎艳才能得手的种种方案。他想象出起初结识的方式应该是充满骑士风度的,当然先要向她献一些小殷勤,然后是进行生动活泼、风雅多情的谈话,谈到最后是表白自己的爱情,表白完之后是……究竟是什么,你自己去想吧。

"但是,他想来想去,就是不知怎样开头才好,他找不到借口。他不禁心烦意乱,六神无主,只好坐待良机。

"然而,黑夜渐渐逝去,那美丽的少女一直沉睡未醒,而莫兰却在旁边想方设法要她失身于人,开始堕落。天色发亮,不久,太阳照射出了它的晨曦,一道明亮的光芒从远处的地平线长驱而来,一直投在那贪睡少女柔和的脸蛋上。

"她醒了,坐起来,看了看四野,看了看莫兰,粲然一笑。像一个幸福女人那样一笑,笑得那么动人,那么愉快。莫兰如触电般地颤抖了一下。在他看来,这个微笑无疑是冲着他来的,这是一个委婉的邀请,是他已等待多时的一个理想中的信号。这一笑的意思是说:'昨天晚上一整夜,您就一直像根木桩似的守在您的位子上,什么也不敢做,难道您是个木头人?是个傻子?是个笨蛋?'

"'您好好瞧瞧我,我不是很可爱吗?可您就这么靠近一个美女过了整整一夜,却毫无作为,您真是个大傻子。'

"这少女一直看着他笑,甚至开始笑出声来。这时的莫兰,简直昏了头,他想找一句得体的话,一句恭维的话,总之,想找句

---

① 米拉波(1749—1791),法国大革命时期的风云人物。

话说说，不论什么话都可以，但是他就是找不到，什么话也找不到。于是，他像懦夫一样逞一时之勇，铤而走险，他想：算了吧，活该，老子豁出去啦！说时迟，那时快，他招呼也不打，突然就张开两臂，身子往前一压，伸出贪婪的嘴唇，将那少女一把搂在怀里就吻。

"她一下就跳了起来，大叫大嚷：'救命！救命！'同时发出惊吓的喊声。她打开车门，两条胳膊伸出车外，使劲地抖动，她甚至吓得发疯，想往车下跳。莫兰见此，惊慌失措，怕她真会从车上跳下去，就赶紧抓住她的裙子，结结巴巴地说：'太太……啊呀……太太……'

"火车放慢了速度，最后停下来了。两个列车员朝这个发出紧急信号的年轻女人奔了过来。她一下就倒在他们的怀里，吞吞吐吐地说：'这个人要对我……要对我……'说着就晕过去了。

"火车停在莫泽站。值班宪兵上车把莫兰抓走了。

"受到他施暴行径伤害的少女，苏醒过来后提出了申诉。官方作了笔录。这位倒霉的服饰用品商，直到夜里才得以回到自己家里。他遭此迎头一击，因在公共场合犯有伤害风化罪而必须等候法院的判决。"

二

"当时，我在《夏朗特明灯报》任主编。每天晚上，都在商贸咖啡馆里见到莫兰。

"出事的第二天，他就来找我，说他不知道该怎么办。我对他坦率直言：'你简直就是一头公猪。要是别人，决不会像你那么干。'

"他哭个不停,说老婆揍了他,他的生意眼见已经一蹶不振,面临破产;他的名声也一败涂地;他的朋友个个恼怒,见了面再也不跟他打招呼。说着说着,他终于引起了我的怜悯,我把我的同事李维叫来商议。李维个子矮小,爱开玩笑,擅长出谋划策。

"李维建议我去找帝国检察官,此人本来就是我的一个朋友。我把莫兰打发回家,然后就去找这位司法官员。

"我打听到,被侮辱的那个少女名叫亨利埃特·博内尔,刚在巴黎考取了教师资格。她父母双亡,坐火车是为到舅父舅母家过假期,他们是莫泽地方上正派的小资产者。

"对莫兰的处境大为不利的是,少女的舅父已经提出了控告。如果控告撤回,检察官即可同意不予起诉。这正是我要争取达到的目标。

"我回头又去找莫兰。我见他正躺在床上,因为焦急与发愁而病倒了。他的老婆人高马大,骨骼粗壮,脸上的汗毛浓得像胡子,对他不停地骂骂咧咧。她领我进了卧室,冲着我的脸嚷道:'您不是要看莫兰这只公猪?瞧,他就在这里,这个混蛋!'

"她两手叉腰,威风凛凛地站立在床前。我介绍了去找检察官的情况,莫兰又央求我去向那一家人求情。这个任务可很棘手,不过,我还是答应了。那个倒霉蛋一遍又一遍地表白说:'我向你保证,我实际上并没有吻着她,真的没有吻着,我可以向你发誓!'

"我反驳他说:'那还不是一样吗,你反正是一头公猪。'他交给我一千法郎,要我酌情使用,我也就收下了。

"我坚决不愿单独一人贸然闯进那姑娘的亲戚家,要求李维陪同我一起去。李维同意了,条件是要立即动身,因为第二天的下午,他在拉罗舍尔还有一件急事要办,必须尽快赶回来。

"两个钟头之后,我们俩在一幢漂亮的乡间房舍前拉响了门

铃。一个美丽的少女来给我们开门。我猜一定是她,就悄声对李维说:'该死,我总算能够理解莫兰了。'

"她的舅父,多纳莱先生,正好是《明灯报》的订阅者,在政治主张上,是我报的热烈信徒。他张开双臂欢迎我们,赞扬我们,祝贺我们,紧紧握着我们的手,他因为他信奉的报纸有两位编辑光临他家而感到非常高兴。李维在我耳边悄悄地说:'看这样子,我们能够顺利解决莫兰这只公猪的事。'

"外甥女走开了。我开始提起那桩敏感的公案。我反复强调事情闹大了可能会变成一桩丑闻,我提出,这么一件事情传开以后,势必使得年轻姑娘反倒遭受鄙视,因为,人们不相信事情会那么简单,仅仅只是吻了一下而已。

"这位大好人似乎犹疑不决,他在他太太回来以前什么也不能决定,而太太要当晚很迟才能回来。他灵机一动,得意地叫了起来:'瞧,我有个好主意。我不让你们走,把你们留在这里。你们两位就在这里吃晚饭,今夜就在这里睡。等我太太回来以后,我相信很快就能谈妥。'

"李维先生对此安排面有难色,但是,他也一心想帮莫兰这只公猪摆脱困境,最后还是决定留下来。这样,我们便接受了主人的邀请。

"这位做舅父的站起来,兴高采烈地把他的外甥女叫来,提议在他家园子里散散步,他说;'正经事,咱们晚上再谈。'

"李维和他开始议论政治。

"我呢,我很快就退在他们后面几步,与那个少女并排走着,她真是迷人啦,迷人到了极点!

"我小心翼翼地开始跟她谈起她的那次遭遇,尽可能地设身处地为她着想。

"但是,她丝毫没有显出尴尬的神情,倒是像个局外人,在听我说故事消遣。

"我对她说:'请您想一想,小姐,您将碰到的种种麻烦吧。您必须在法庭上露面,必须承受那些不怀好意的目光,必须当着那些人讲话,公开叙述车厢里那件不愉快事情的经过与细节。现在,我们私下里不妨这么说吧,如果当时您什么也不讲,也别呼喊列车员来救命,只是叫那下流胚放老实些,然后干脆换个车厢,那是不是更好一些呢?'

"她笑了起来,说:'您说得真对!但有什么办法呢?我当时害怕呀,一个人害怕了,就会晕头转向。'

"'等我明白过来以后,我很是后悔,我当时不应该叫喊,但后悔也来不及了。而且,请您也想一想,那个蠢猪像发了狂似的向我扑过来,闷声不响,那张脸就像一个疯子。我甚至不知道他要干什么。'

"她直盯着我的脸,既不慌张,也不羞怯,我心里想,这姑娘倒是挺大方的,我现在明白了,莫兰这只公猪当时为什么判断失误。

"我开玩笑地说:'瞧,小姐,您应该承认,那也是情有可原嘛,因为,面对您这样一个如花似玉的美女,不可能不产生吻吻您的愿望。人皆好美,天经地义。'

"她笑得更厉害了,明眸皓齿的样子格外动人,她说:'不能有什么愿望就采取什么行动,先生,总得恪守尊重他人的原则。'

"她这句话有点怪怪的,虽然意思不太明朗。我突然问她:'好吧,如果我现在吻您呢,您会怎么办?'

"她站住,将我从上到下打量了一番,然后平静地说:'啊,您嘛,那就是另一码事了。'

"见鬼,我当然知道那是另一码事,因为我在全省有美男子之称,而且我正年轻,只有三十岁。不过,我还是明知故问:'那为什么呢?'

"她耸耸肩,回答说:'瞧!因为您不像他那么蠢。'接着,她偷偷瞅了我一眼,又说:'也没有那么丑。'

"我突然想进行袭击,趁她不防,还没来得及躲避,我就在她脸颊上足足地吻了一下。她朝旁边一跳,但为时已晚。她说:'嘿!您,您真不害臊。以后,请您别再开这种玩笑。'

"我装出一副谦恭的样子,低声说:'啊,小姐,至于我,如果我心里有一个愿望的话,那就是以莫兰那种罪名上法庭受审。'

"轮到她反问了:'为什么?'这时,我神情严肃地凝视着她。

"我回答说:'因为您是世界上最美丽的女人之一,因为曾经企图对您施加暴力这样一个罪名,对我来说,将成为我的一份资格证书,成为我的一个头衔,成为我的一种光荣。因为,人们见到您以后,都会说:"拉巴尔布这小子固然罪有应得,但他得遇美女,运气实在是好。"'

"她又笑了起来,笑得真是开心。

"'您这个人真怪!'她这个'怪'字还没有说完,我已经把她紧紧搂在怀里,发狂似的吻个不停,只要够得着的地方就吻,吻她的头发,吻她的前额,吻她的眼睛,有时还吻她的嘴,吻她的脸颊,吻遍了她整个头部。她不断躲避不断遮拦,总是顾此失彼,连连失守。

"最后,她挣脱身子,满脸涨得通红,颇为恼火,说:'您这个人太粗野,先生,我就不该听您胡扯。'

"我抓住她的手,有点难为情,结结巴巴地说:'请原谅,请原谅，小姐，我冒犯了您，我太鲁莽！请您别恨我。如果您知道我为什么？……'我搜肠刮肚，想找一个说法，可是没找到。

"她过了一会儿说：'我一点也不想知道您为的是什么，先生。'

"现在我总算找到了一个说法，我大声说：'小姐，因为我爱上您已有一年了。'

"对我这个说法，她的确深感意外，抬起眼睛端详我。我接着说下去：'是这么回事，小姐，请您听我讲。我并不认识莫兰，我也犯不着管他的事。他进不进监狱，上不上法庭，都跟我无关。其实，我去年就曾经在这儿见过您，当时您就在那道栅栏门的前面。一见到您，我的心就为之一动，从此，您的倩影再也没有离开过我。不管您相信我，还是不相信我，对我都无关紧要。我觉得您非常可爱，从那之后我一直思念难忘，一心就想再见到您。这次抓住莫兰这个蠢货作为借口，来到了这里。在这种情况下，我不由得自己做了出格的事。原谅我吧，我求您啦，原谅我吧！'

"她盯住我的眼睛，想要看出我讲的是不是实话，而且，眼见她又要笑出来了。她低声咕哝了一句：'您可真能说笑。'

"我举起了手，用真心诚意的声调（甚至我现在仍相信我当时是真心诚意的），说道：'我向你发誓，我没有说谎。'

"她只简单地说了一句：'得了吧。'

"这时，我们两人单独在一起，只有我们俩。小径曲折幽深，李维与她舅舅已经看不见了。于是，我认认真真地向她表白我的爱情，我娓娓道来，情意绵绵，我握住她的手，吻她的手指。她听着我倾诉，似乎在听一件既令人愉快又使人感到新奇的事情，还拿不准自己该不该相信。

"说着说着，我最后激动得不行了，觉得自己说的真是那么回事。我脸色苍白,呼吸急促,浑身战栗,我轻柔地搂住了她的腰。

"我贴近她耳边的鬓发,低声地诉说。她沉浸在梦幻之中,仿佛已经失去了知觉。

"后来,她的手碰着了我的手,把我的手紧紧握住。我循序渐进地用我发抖的胳膊把她的腰越搂越紧。她一动也不动了。我用嘴唇去轻轻触掠她的脸蛋。突然,我的嘴唇不用去找,自然而然就与她的嘴唇胶合在一起。这是一个长吻,长长的吻,这个吻本来要没完没了,黏黏糊糊下去,但这时我听见在我身后几步外,有人哼哼了两声。

"她急忙穿过树丛逃掉了。我转身过去,一看是李维,他是专来找我的。

"他站在小路中央,脸上没有一丝笑容,很不以为然地说:'好嘛,你就是这样来调解莫兰公猪案的!'

"我得意扬扬地回答:'各尽其能嘛,我亲爱的朋友。她的舅舅同意了没有?你有什么收获?对外甥女的工作,包在我身上。'

"李维答道:'跟她舅舅打交道,可没有你这么快活。'

"我挽着他的胳膊,回到屋里。"

三

"用晚餐的时候,我已经是晕头晕脑,心醉神迷了。我坐在她旁边,我的手在桌布下不断碰碰她的手,我的脚就压在她的脚上,我们的目光相遇,两情交融,难分难舍。

"饭后,大家在月光下散步。我把自己从心田里冒出来的柔情蜜意,直往她心田里灌。我将她紧紧地搂着,时时不断地亲她吻她,以我的嘴唇润湿她的嘴唇。她的舅父与李维走在我们前头,他们正在进行争论,身后的影子在沙子路上紧紧跟随着他们。

"回到屋里没多久,电报局的邮差送来了她的舅母打回家的电报,说她将于第二天早上七点钟,乘第一班火车回家。

"她的舅父说:'好吧,亨利埃特,把两位先生领到他们的卧室去。'我们与这位好心人握过手,就上楼了。她先领我们上李维的房间,李维悄声在我耳边说:'你放心,她决不会领我们先上你那个房间。'接着,她又领我去我的卧室。等到她单独跟我在一起时,我又将她抱在怀里,企图使她乱了理性,战胜她的抗拒。她几乎快要把持不住了,但终于还是逃走了。

"我钻进被窝,心里又是不快,又是激动,又是羞愧,我知道这一夜我会通宵失眠。当我正在思索自己有何失策导致失手时,忽然有人轻敲我房间的门。

"我问:'谁呀?'

"一个低低的声音答道:'是我。'

"我急忙穿上衣服,打开房门。她进来了,说:'我忘了问您,您明天早餐喝什么?巧克力、茶还是咖啡?'

"我猛然一把抱住她,发狂似的抚摸她,含含糊糊地回答她的问题:'我喝……我喝……我喝……'但她挣脱了我的怀抱,一口把蜡烛吹灭,又逃之夭夭。

"我一个人待在黑漆漆的房间里,感到很恼火,想找火柴,又没有找到。费了好大的劲,最后总算找到了。于是,我端着蜡烛,出了我房间,来到走廊上,这时的我,已经处于半疯狂状态了。

"我要去干什么?我已经丧失了理智,我只想找到她,我只想得到她。我走了好几步,没有考虑任何后果。突然,我想到了一点:'如果我闯进了她舅父的房间,我该怎么解释?'这问题使我脑子一懵。我呆若木鸡似的站着,心口怦怦跳个不停。几秒钟后,

我就找到了答案:'见鬼,我可以解释说我在找李维的房间,我有一件紧要的事要跟他讲。'

"我开始察看一扇扇房门,想找出哪一扇是她的房间门。但我找不出任何迹象。这时,我随便抓住一个门把钥匙转动了一下。没想到,门开了。我走了进去……亨利埃特正坐在床上,她惊慌失措地望着我。

"于是,我轻轻地闩上门,踮着脚走近她,对她说:'小姐,我忘了问您要本书看看。'她抗拒着,挣扎着,但是,我很快就打开了我要找的那本书。那本书是何书名标题,恕我不相奉告。那真是世界上最美妙精彩的一部小说,是最神奇动人的一篇诗歌。

"一旦翻开了第一页,她就让我尽兴地读下去。我阅读了那么多那么多的章节,直到我们的蜡烛都燃完了为止。

"最后,我向她道了谢,蹑手蹑脚地回我的房间去。在走廊里,突然,一只手粗暴地抓住了我。又是这个李维,他冲着我低声说:'这么说,莫兰公猪案,你还没有调停完?'

"早上七点钟,她亲自给我送来一杯巧克力。我从来没有喝过这样好的巧克力,一杯使人神魂颠倒、飘飘欲仙的巧克力,它美味可口,香甜醉人。我的嘴唇根本就无法离开她那只杯子妙不可言的边儿。

"少女刚出我的房门,李维就进来了。他看起来有点烦躁,不痛快,像是整夜没有睡好。他满不高兴地对我说:'你要明白,你若是再这么搞下去,肯定会把莫兰公猪案搞砸。'

"八点钟,她舅母回来了。双方讨论的时间不长。这一家好心人决定撤回控告,我则留给他们五百法郎,作为对当地穷苦人的捐献。

"事情既已解决,这一家人挽留我们再多待一天,他们甚至准备安排一次游览,带我们去参观当地的一些古迹。亨利埃特在她舅父舅母的背后,朝我点头示意,要我们同意留下来。我当然是接受了,但是,李维却坚持要走。

"我把他拉到一旁,央求他、怂恿他,我这么说:'哎呀,我的好李维,你就为了我留下吧!'但是,他看来甚为恼火,毫不讲情面地冲着我反复说:'你听好了,我对莫兰公猪的事已经是厌烦到了极点。'

"我无可奈何,只好跟着他离开这一家。这是我一生中最难过的时刻之一。我情愿用我一辈子的时间来调停这件事。

"告别时,我和她默默无言,使劲握手。之后,我与李维进了车厢,我对他说:'你这人太不通人情。'他回答说:'小老弟,你已经让我格外恼火了。'

"到了《明灯报》办公室,有一群人正等在那里,一见我们出现,他们就嚷了起来:'嗨,你们把莫兰公猪的事件调解好了吗?'

"这个事件早就轰动了整个拉罗舍尔。在火车上,李维的恼怒已经烟消云散,现在见大家如此关注,好不容易才忍住笑。他大声说:'是呀,多亏拉巴尔布的努力,已经调解好了!'

"接着,我们就去莫兰家。

"他躺在一把安乐椅上,腿上涂着芥子泥药膏,头上敷着凉水毛巾,已经愁得奄奄一息。他不停地咳嗽,咳声短促,看来已病重垂危。谁也不知道,他这次重感冒是怎么得来的。他的老婆虎视眈眈地盯着他,仿佛要一口把他吃掉。

"他一见我们来到,就紧张得手脚抖个不停。我说:'得啦,调解好了,下流胚子,以后可别再干这种事。'

"他站了起来,说不出话,抓着我的手,像吻帝王的手那样吻着,他哭了,哭得几乎昏倒过去。他又拥抱李维,甚至还拥抱自己的老婆,但她却使劲一推,把他推倒在安乐椅上。

"事件虽然平息,但他却未能从这次打击中缓过来,他精神上承受的刺激实在是太猛烈、太沉重了。

"从此,所有的当地人都只叫他'莫兰这只公猪'。每当他听见了这个称呼,他就觉得有一把利剑刺在自己身上。

"在街上,一听见有小流氓骂一声'猪',他就会本能地转过头去。他的亲戚朋友也经常开一些玩笑,拿他打趣开涮。如每次吃火腿,他们就问他:'是不是你身上的?'

"两年后,他死了。

"至于我,在一八七五年,我参加议员竞选,到杜塞尔去对当地新来的公证人贝尔隆克尔先生作了一次有关竞选事务的拜访。出来接待我的是一位高个子妇女,她又丰满又漂亮。

"'您不认识我了吗?'她说。

"我支吾着说:'不,不认识……太太。'

"'我是亨利埃特·博内尔。'

"'啊!'我感到自己的脸唰地一下就白了。

"她看上去神色自如,若无其事,带着亲切的微笑瞧着我。

"她留下我单独跟她的丈夫洽谈。她丈夫抓住我的两手,使劲地紧握,简直就像要把它们握碎似的。他热情洋溢地说:'亲爱的先生,很久以来我就想去拜访您。我的妻子常常跟我谈起您。我知道……是的,我知道您是在她多么痛苦的时候认识她的,我也知道您当时的作为的确十全十美,您非常体贴入微、非常机灵巧妙、非常热心助人地化解了……'他犹疑了一下,好像有什么脏话难以出口似的,然后压低了声音说:'……化解了莫兰这只公猪的事件。'"

修软椅的女人
献给雷翁·艾里克

为欢祝狩猎期开张大吉,贝尔特朗侯爵府里举行了晚宴,酒足饭饱之余,十一位狩猎者,八位妙龄妇女与当地的医生,围桌而坐,桌上灯火辉煌,摆满了水果与鲜花。

众人高谈阔论,正谈着男女之间的那个情字,于是,七嘴八舌,争论不休,争的还是那个永恒的话题:一个人究竟只能真心实意地爱一次呢,还是也能爱多次?有的人列举只认真爱过一次者为证,有的人则举了那些多次爱得死去活来的人为例。在座的男士大都认为,激情犹如病毒,会多次袭击同一个患者,如果他在用情路上碰到难以逾越的障碍,这种病毒就会害得他一命呜呼。男士们这种看法尽管言之成理,但女士们的意见往往关注浪漫诗情而疏于人性观察,她们认定,爱情,真挚的爱情,伟大的爱情,一辈子只能有一次,而且,这种爱情如像雷电霹雳,某颗心一旦被它击中,就会被掏空,被洗劫,被烧成灰烬,任何其他强烈的感情,甚至任何迷人的梦想,都休想在其中萌芽茁长。

侯爵先生饱经情海沧桑,所以极力反对女士们的这种信念,他说:

"我个人,奉告诸位,一个人足够可以爱上好几次,每次都爱得死去活来。诸位举出那些为情而死的人作为例子,证明不可能有第二次热恋。我却认为,如果他们不是傻里傻气去自寻短见,他们本可以心病康复，创伤愈合，再次投入爱河，一次之后又一次，直到他们寿终正寝，但一遇挫就自杀，那日后的机会就彻底葬送了。坠入爱河的人好有一比，好比嗜酒成性的酒徒，喝上瘾的老想喝，爱出滋味的老想爱。这呀，就是人的本性。"

争论双方请老医生进行裁决，他原来在巴黎行医，上了年纪才退隐乡下。

他却偏偏没有主见，说：

"正如侯爵先生所言，这是人的禀性问题；至于我嘛，倒是知道有那么一桩热恋，它持续了五十五年，从没有间断过一天，直到生命的最后一刻。"

侯爵夫人拍手称妙：

"这种爱情多美呀！能得到这种爱，正是咱们梦寐以求的，整整五十五年之久，都浸泡在如此热烈、如此感人的爱情之中，那该有多大的福分啊！得此厚爱的那个男人是多么幸福呀！他真该赞叹人生，感谢上苍。"

老医生微微一笑，说：

"夫人，这一点倒给您说对了，如此被爱的正是一个男人。这个人，您还认识哩，他就是镇上的药房老板舒盖先生。至于那个女人，您也认识，就是每年都到府上来修软座椅的那个老婆子。我还是仔仔细细讲给你们听吧。"

太太们一听此话，兴趣一落千丈，脸上都流露出厌恶的表情，这等于是啐出了一声"呸"，似乎是说，爱情只是给那些情趣雅致、出类拔萃的人士来消受的，他们才值得上流社会予以关注。

老医生接着往下讲：

三个月前，我被叫到这个老婆子身边，她已经是奄奄一息了。前一天,她坐着自己的马车来到当地,那辆车也就是她的家,拉车的那匹劣马,诸位都曾见过,跟她来的,还有两条大黑狗,就算是她的朋友兼警卫。当时,本堂神父已经到场。老婆子让我们做她的遗嘱执行人,为了使我们理解她的遗愿,她讲述了自己的一生。我不知道世上还有什么比她所讲述的更非同寻常、更令人心碎的了。

她的父母都是专门给软座椅填麦秸的工匠,她从来就没有一个固定的家。

从小她就四处颠簸,居无定所,衣衫褴褛,满身虱子,肮脏不堪。一家人来到某个村子,就在村口的沟边安顿下来,卸下车,喂上马,狗则趴在地上睡觉,把自己的鼻子搁在爪子上,小女孩在草地上打滚,她的父母就在路边的榆树下,修理当地所有的旧座椅。在这个四处流浪的家庭里,大家都少言寡语,难得开口。为了决定由谁去挨家挨户吆喝一声"修椅子咧"。他们之间也偶尔说一两句最必要的话,然后便又开始面对面或者肩并肩去搓麦秸。当小女儿跑得太远,或者要去和村里的顽童接近时,做父亲的便怒喝一声"你快给我回来,臭丫头!"这是她小时候所能听到的唯一一句慈爱的话。

待她稍稍长大以后,父母就打发她去收集破破烂烂的旧椅垫,于是,每到一处,她就结识几个男孩子,不过,这就轮到她的新朋友的父母对自己的孩子厉声喝道:"你快给我滚回来,淘气鬼,我看你还跟穷要饭的说话!"

常常,有一些调皮鬼向她扔石块。

也有一些太太赏她几个小钱,她就仔仔细细地收藏好。

她十一岁时，有一天路过本地，在墓地后面碰上了小舒盖，他正因为一个同学偷了他两个钱币而在哭泣。小姑娘是个无家无业的苦命儿，从她那个小脑袋瓜里想来，一个小店主家的孩子本该感到心满意足，快快活活才是，因此小舒盖的眼泪使她感到非常惊奇。她走近他身边，知道他哭泣的原因后，就把自己所有的积蓄，一共七个苏，全都倒在他的手上，小舒盖擦擦眼泪，自然而然就收下了。这时，小女孩受宠若惊，欣喜若狂，竟然大着胆子吻了他一下。小舒盖正全神贯注盯着手中的钱币，也就任她胆大妄为。她见自己既未被拒绝，又没有挨打，就得寸进尺，又再吻了一次，将舒盖紧紧搂在自己怀里，热烈亲过后就跑了。

她可怜的脑袋里在想什么呢？她爱上了这小子，是因为自己向他献出了一个流浪儿的全部财产，还是因为自己把第一个温柔的吻给了他？小孩子亦如成年人，同样有自己的难解之谜。

一连好几个月，她念念不忘墓地的那个角落和那个男孩。她盼望重新见到他，为此，开始偷她父母的钱，这儿偷一个子，那儿偷一个子，有时在收修椅费的时候，有时在购买东西虚报账目的时候。

她再来找舒盖时，口袋里有了两个法郎，但她只能远远地看见这个药铺老板的儿子，他穿得整整齐齐、干干净净，站在父亲店铺的玻璃窗后，在他身旁，一边是盛着药水的红色短颈瓶，另一边是装着绦虫标本的容器。

这一景象使得她对小舒盖更为倾心，更为爱慕，她被那些五颜六色的药水和闪闪发亮的玻璃器皿诱惑得感动得心醉神迷。

她心底一直保持着那难以磨灭的回忆。第二年,她在学校后面遇见舒盖正和同学们玩弹子,便一下子扑上去,一把搂住他,拼命地亲呀吻的,吓得他哇哇大叫。于是,为了使得他静下来,她又把自己的积蓄给了他,三法郎二十生丁,那小子瞪着两只大眼看着,这可算得上是一大笔钱呀。

他把钱收下,任凭她随意温存。

接连四年,她把自己一笔又一笔积蓄全都交在舒盖的手上,这小子心安理得地将钱一一揣进腰包,作为交换,默许她跟自己亲吻。一次是三十个苏,一次是两个法郎,一次是十三个苏,这次,她因为出手甚少而羞惭得哭了。但这一年确实生意不好,收入有限,最后一次,则是五法郎,一枚又大又圆的钱币,舒盖见钱眼开,高兴得笑了。

她心里只装着舒盖一个人。他呢,多少也有点急切地等着她再来约会,一见她前来,就跑去迎着她,这使得可怜的小姑娘高兴得心口怦怦直跳。

后来,舒盖消失了。他被送进了中学。小姑娘千方百计才打听出他的下落,于是,费尽心机,想方设法施加影响,使得舒盖的父母改变行程路线,在假期里路过此地。她总算获得成功,但却足足费尽了一年的心计。她已经有两年未见过舒盖,差不多认不出他了,他变化很大,个子长高了,相貌更俊秀了,穿一身带金色纽扣的学生装,显得神采奕奕。舒盖假装没有看见修椅女,趾高气扬地从她身边走过。

为此,她哭了两天,从此以后,痛苦绵绵,缠绕不休。

每一年,她都回到本地,从舒盖面前走过,却又不敢打招呼,而那无情无义的男子,则不屑于看她一眼。她疯狂地爱着这个男人,她对我这么说:"大夫,在我眼里,世上只有他这么一个男人,大夫,我根本就不知道世上还有其他的男人。"

她的父母相继去世。她继续干他们那个行当,但养了两条狗,而不是只养一条,两条狗都凶狠得可怕,无人敢惹。

一天,她又回到自己魂系梦绕的这个镇子,看见舒盖挎着一个年轻女子的胳臂,从自己的药房走出来,那是他的妻子。他已经结婚了。

当天夜晚,她跳进镇公所广场上的那个池塘。一个深夜迟归的醉汉,将她从水中救起,抬进了药房。舒盖少爷穿着睡袍下楼来救治,他装作不认识,给她脱了衣服,进行按摩,然后,厉声对她说:"你简直就是疯了!真不该傻到这种地步!"

这就足以救活她,叫她病痛全无,舒盖少爷终究跟她说话啦!为此,她有好长一段时期都感到幸福。

当时,她坚持一定要付医药费,但舒盖怎么也不肯收下。

她的一生就这么过去了。她一边修软椅,一边思念舒盖。每年,她都从玻璃窗外看见他。她经常到他的药店里买点零星的常备药,这样,她就可以就近距离地看看他,和他说说话,还可以付钱给他。

我一开始就告诉了你们,她是今年春天去世的。临终前,她把自己这个伤心史讲给我们听了后,要求我把她这一生的积蓄,全部交给她苦苦爱恋的那个人。因为,照她的说法,她劳碌了一辈子,仅仅是为了他,有些时候,甚至节衣缩食地攒钱,就想让他至少在她死后会想念她一次。

她当面交给我两千三百二十七法郎。她咽气后,我给神父留下二十七法郎作为安葬费,把其余的钱全都带走了。

第二天,我去了舒盖夫妇家。他们刚吃完午饭,面对面坐在那里,两人红光满面,体形富态,散发出药房的味道,显得心满意足,自命不凡。

他们请我坐下,递给我一杯樱桃酒,我接过来后,便开始说明来意,我讲起来声调很激动,还以为他们听了会感动到流泪。

舒盖刚一听到我说那个流浪的女人、那个修软椅的女工匠、那个不正经的女人爱过他,立即暴跳如雷,那架势就好像那个女人竟盗窃了他美好的名声、玷污了他正人君子的尊严、损害了他的私人荣誉,那可是他生命中最为宝贵的东西呀。

她的太太也和他一样火冒三丈,嘴里骂个不断:"这个婊子!这个婊子!这个婊子……"找不出别的话来解气。

舒盖怒气冲冲地站起来,大步地在桌子后面走来走去,睡帽歪到了一边的耳朵上。他唠唠叨叨地说:"大夫,这真叫人莫名其妙!竟让我碰见这么可怕的事!怎么办？怎么办？要是我在她活着的时候就知道这件事，非得让警察来把她抓进监狱不可，她一辈子休想出来！我可以向您担保。"

我愣住了，没想到好心换来驴肝肺，一时，我不知说什么好，不知做什么好。但我受人之托，总得善终其事才行呀，于是，我又说："她托我把她全部的积蓄交给您，总共是两千三百法郎。既然我刚才讲的事情好像使您极不愉快，也许最好的办法是把这笔钱施舍给穷人。"

两夫妇都大吃一惊，呆呆地望着我。

我从口袋里掏出那一堆钱，有各个国家各个地区的，有各种标志的，有金币，也有零子儿，清点完毕，我问："二位决定怎么办？"

舒盖太太先开口："既然是这个女人最后的遗愿嘛……我看，我们就很难拒绝啦。"

当丈夫的略微有点尴尬，也跟着说："我们至少可以用这些钱给我们的孩子买点东西。"

我冷冷地说："随你们的便。"

丈夫又说："那就把钱给我们吧，既然她委托您这么做，我们也会想出办法把钱用于某项慈善事业。"

我把钱交给了他们，便告辞走了。

第二天，舒盖来找我，劈头就问："她把自己那辆车留在这里了……那个女人。您打算如何处理？"

"没有什么打算，如果您想要，那就拿走吧。"

"太好了；正合我意，我想把它放在菜园子里当窝棚用。"

他正要走，我又叫住他，说：

"她还留下一匹老马和两条狗。您要不要？"

他听了一愣，说：

"啊，不要，不要，我要它们有什么用？您想怎么处理就怎么处理吧。"

他笑了笑，向我伸出手来，我只好握了一下，您说，我有什么办法呢？在同一个乡镇，低头不见抬头见，医生与药剂师是不能结仇的。

我把两条狗留在我家。神父要了那匹马，因为他家有一个大院子。那辆车被舒盖拿去当窝棚了，那笔钱，他则用来买了五张铁路债券。

这就是我一生之中所见到的唯一一次至死方休的爱情。

老医生讲完了故事。

侯爵夫人眼里满是泪水，长叹一声，说：

"毫无疑问，这有女人才懂得爱。"

小狗皮埃罗

勒费弗尔太太是一位乡绅眷属，先生已故。在乡间，常可见这一类女人，身上既有乡土气，又有城市味。她们爱用缎带，爱戴荷叶边帽子，说话时常犯联诵音①错误，大庭广众之下，总要装出一副不可一世的样子，在打扮得花里胡哨、俗里俗气的外表下，隐藏着一个粗野而自命不凡的灵魂，正如她们戴的生丝手套里面，是一双又粗又红的手。勒费弗尔太太正是这样一个女人。

她使唤了一个老实的乡下女子做女仆，这个女人心地善良，名叫萝丝。

主仆二人都是诺曼底人，生活在科克斯县区的中心地带。沿着公路有一幢带绿色百叶窗的小屋，那便是她们的家。

房屋的前面有一块狭长的园地，她们在那里种了些蔬菜。

可是，一天夜里，有毛贼造访，偷走了她们整整十二颗洋葱。

萝丝一发现如此卑劣的窃案，就赶紧跑去报告太太。在家讲究地穿着呢裙子的太太获悉，立马就下楼来。这样的掠取真是恐怖得很哟，令人又害怕又痛恨。居然有人偷东西！居然偷到勒费弗尔太太头上来了！这么说，本地是很不太平啰！再说，贼既然来过一次，就可能来第二次、第三次……

两位妇女受此惊吓，惶恐难安。她们反复察看了脚印，唠唠

---

① 法语里的一种发音规则。

叨叨这个恐怖事件,没完没了,还进行了种种揣测:"瞧,他们是从这里过来的,他们爬上了这道墙,然后往这边一跳,跳到了花坛上。"

她们一想到往后的日子,实在是恐惧得很,惶惶不可终日,从今以后,叫人怎么能够安安稳稳睡觉呢!

此案的消息不胫而走。邻居们纷纷前来慰问,踏勘现场,分析议论。每来一个人,这两位妇女都要把自己的看法想法,重新述说一遍。

一位住在附近的农庄主给她们出了一个主意:"你们真该养条狗。"

这倒是说得有理。她们的确应该养条狗,就算是遇上什么情况,有狗叫两声提个醒也好。可是,大狗不能养。一条大狗,她们怎么受得了!那会把她们这点家当吃得精光的。只能养一条小狗,养一条会汪汪叫的小"干"就行了(请别见怪,在诺曼底,人们把"狗"叫作"干")。

等大家都走了以后,勒费弗尔太太与萝丝就立即商量养狗的问题,商量了好久。太太深思熟虑了一番之后,提出了许多反对意见,她只要一想到盛得满满的狗食盆,就吓得发昏。因为,她跟那些精打细算的乡绅太太是一路人,她们口袋里掖着的那几个小铜子,是为了在大庭广众之下施舍给路上的穷人的,是为了在星期天捐献给教堂的。

萝丝倒是喜欢猫狗的,她提出了养狗的种种理由,并且很巧妙地作了一些辩解。最后,主仆二人总算决定养一条狗,只养一条小而又小的小狗。

她们开始物色对象,但碰到的全是大狗,吃起东西来食量大得足以把人吓死。罗尔维尔的食品杂货店老板倒是有一条很小很小的狗,不过,他要求付给他两个法郎作为前一阵子的饲养费。勒费弗尔太太坚决不从,她说,自己的的确确愿意养一条小"干",但决不花钱去买。

有一家面包房的老板得知这件事后,在一天早晨用车捎来了一只黄毛小怪物:四条腿短得出奇,几乎跟没有一样,身子像鳄鱼,脑袋像狐狸,尾巴的长度与身长相等,往上高翘,像是军帽上耸立的翎饰。它原来是面包房的一位主顾的,后来主人不想要它了。尽管这小狗又丑又怪,但因为没花一个子,所以太太觉得它长得挺漂亮。萝丝把它抱起来吻了吻,打听它叫什么。面包房老板回答说:"皮埃罗。"

它被安置在一只旧肥皂箱里。先给它弄了点水喝,然后又给它拿来一块面包吃。刚喂了这么一次,勒费弗尔太太就犯愁了,但她灵机一动,想出了一个妙法:"等它在家里待惯了以后,可以撒手放它出去。它在附近一带转转,就可以自己找到吃的了。"

不久,勒费弗尔太太果然就撒手把它放出去了,但是,它仍然免不了要挨饿。而且,它只有在向人讨东西吃的时候,才汪汪直叫,为了达到这个目的,它叫得倒挺起劲。

太太家的园子呢,谁都可以进来。不论是谁来,皮埃罗都要过去跟对方亲热亲热,绝对不叫一声。

日子一长,勒费弗尔太太对这条狗也渐渐地习惯了。她甚至有点喜欢它,有时,还把面包在自己的肉汤里蘸一蘸,亲手一口一口地喂给它吃。

不过,她从没有想到还有纳税的问题。"税款八个法郎,太太。"为一条连叫都不会叫的小"干",有人竟要她纳这么一笔税!猛然听到,她大惊失色,差一点昏过去。

主仆二人立即决定摆脱这个小皮埃罗。可是,谁也不要。方圆十法里之内所有的住户，谁见了都一口拒绝。实在没有别的办法，她们只好决定送它去"啃泥巴"。

所谓"啃泥巴"，就是"去吃泥灰岩"。凡是不要的狗，本地人都把它们打发去吃泥灰岩。

在当地一片广阔的平原上，有一种窝棚，或者准确地说，是一种支撑在地面上的小小茅草顶棚，这就是采泥灰岩矿的坑口。这种大井坑陡直地深入地下约二十来米，从那里，还有一些长长的坑道深入矿层。

每年一次，到了给田里施加泥灰石的时候，才有人下到坑里去取料。平常日子，这种井坑的用处就是充当被抛弃的狗的坟场。人们只要从坑口附近走过，就可以听见悲怨的吠声、狂怒的嚎声、绝望的呻吟以及凄惨的求援声。

猎户与牧羊人喂养的狗，都惊恐地躲开这个传出声声惨叫的深坑。谁要是俯身朝下看，一股恶心的腐臭气味就会扑鼻而来。

在坑底的阴影里，不知发生了多少可怕的惨剧。

一条狗被扔下坑，仅靠以前那些狗的腐烂尸体为食，十天或十二天以后，它已经是奄奄一息了，这时突然又有一条狗被扔下坑来，这条新扔下来的狗当然比它大，也更强壮。于是坑底就有两条狗了，它们全都饿得发慌，眼里冒出凶光。它们互相盯视着，互相紧跟着，都犹豫不决，焦急不安。但是，饥饿催促它们动手。于是，它们开始斗起来了，斗了很久，斗得很惨烈，最后强者把弱者吃掉了，活生生地吃掉了。

把皮埃罗打发去"啃泥巴"的决定一做出，主仆二人就立即物色一个执行者，有个修路工人要价十个苏，才肯去跑一趟。勒费弗尔太太觉得这实在是太过分了。住在附近的一个打短工的，倒是只要五个苏，但太太还是嫌贵。萝丝发表意见说，不如由她们亲自送去，这样它在路上还不至于受虐待，也不会事先知道自己可怕的下场。于是，她们决定在天黑以后一道去实施这项决定。

执法的这天晚上，她们给皮埃罗准备了一盆好吃的肉汤，还加了一点黄油。皮埃罗吃得精光，一滴也不剩。当它正摇着尾巴表示高兴的时候，萝丝一把抓住了它，塞进自己的围裙里。

她们迈着大步，在平原上匆匆赶路，就像两个偷庄稼的贼。不久，她们看见了泥灰岩井坑。到了坑边，勒费弗尔太太俯身听听坑下有没有狗叫声。没有，坑里没有狗。这样，皮埃罗下去后，里面只有它这一条。于是，萝丝泪流满面地吻了吻皮埃罗，把它扔了下去。随即她们两人都俯下身子，竖起耳朵去听。

她们先听见一声闷响，接着是一声动物受伤时的厉声惨叫，随后是连续不断的低低的叫痛声，再后是绝望的求助声，是一条狗抬头望着坑口苦苦哀求的悲鸣声。

它汪汪地叫，唉，汪汪地叫个不停！

她们突然感到后悔，感到害怕，感到一种难以言状的极度恐惧。她们跑着逃离现场。萝丝跑得快，勒费弗尔太太跟在后边直喊："等等我，萝丝，等等我！"

这天夜里，她们都做了可怕的噩梦。

太太梦见她坐在桌前吃饭，把汤盆盖子一打开，皮埃罗就从里面跳了出来，一口咬住了她的鼻子。

她惊醒后，似乎还听见汪汪的叫声。她仔细听了听，才知道是自己的错觉。

她重新入睡。在梦中又来到一条大路上，那条路很长很长，没有尽头，她顺着路走呀走呀。忽然，她看见路中央有一个大篮子，是老乡们经常拎的那种大篮子，丢在那里没人管！顿时，那篮子使她感到恐惧。

但是，她鼓起勇气，终于还是把篮子盖揭开，皮埃罗正蜷着身子待在篮子里，一口就把她的手咬住不放。于是，她就拼命逃，那条狗仍咬着她不松口，一直悬挂在她的手上。

噩梦吓得她几乎发疯，所以天一亮，她起床后就朝泥灰岩坑跑去。

皮埃罗在汪汪叫，它一直在汪汪叫，叫了一整夜。太太伤心地哭了起来，她以各种各样亲热的称呼叫唤它。皮埃罗也以一条狗所能发出的种种温柔亲热的声音回应太太。

于是，太太下定决心要把皮埃罗弄回来，并且要让它一直到死都过得快快活活。

她赶紧跑去找一个以挖泥灰石为业的掘井工人，把情况讲给他听，那人一声不吭地听着。等她讲完之后，他说："您不是要您的小'干'吗，那得付四个法郎。"

她吓了一跳，这时她对皮埃罗的歉疚、怜悯、悲痛全都一下子又飞到九霄云外去了。

"四个法郎！您不怕撑死您自己！四个法郎！"

那人以一口诺曼底土腔说："我凭什么给您白干？我得把我那些绳索、绞车全都搬去，把它们架起来，再带我儿子一同下去，还保不定要被您那条该死的小'干'咬上一口。我干这些难道只是为了要您高兴？当初，本来就不该把狗扔下去。"

太太气冲冲地走了。哼，四个法郎！

一回到家里，她立刻叫来萝丝，把挖井工人的要价告诉她。萝丝一向对主人百依百顺，也鹦鹉学舌地说："四个法郎，这可是一大笔钱啊，太太！"

然后，她又加了一句："是不是可以给小'干'扔点吃的东西下去，别让它饿死？"

勒费弗尔太太一听，十分高兴，很赞成这个办法。于是，主仆二人带着一大块抹了黄油的面包，又去了那个井坑。

她们把面包撕成小块，一小块一小块地扔下去，还轮流跟皮埃罗说话。而那小狗，刚吃完一块，马上就汪汪汪地要下一块。

她们傍晚时又去喂了一次，第二天仍然如此，天天照常。只不过，后来每天只喂一次了。

可是，有一天早上，她们扔下一块面包后，就听见坑底传来可怕的吠声。下面有两条狗了！又有人丢下去一条，而且还是一条大狗！

萝丝喊了一声："皮埃罗！"皮埃罗汪汪汪地回应。于是，她们就开始往下扔食物。可是，每扔一次，就可以清清楚楚地听见坑下一阵可怕的抢夺声。接着，是皮埃罗被同伴咬伤后的哀号声。那条狗比皮埃罗强壮，扔下去的东西，全都被它抢着吃了。

她们尽管很维护皮埃罗，扔一次就说一声："皮埃罗，这是给你的！"但是，无济于事，很明显，皮埃罗什么都捞不着。

主仆二人不知所措，面面相觑。最后，勒费弗尔太太以尖酸刻薄的语气说："我总不能把别人扔下去的狗全都包下来喂吧。只好不管了。"

她一想到坑里所有的狗，都得要她来喂养，就义愤填膺，扭头便走，并且还带走了剩下的面包，一边走，一边开始自己享用。

萝丝跟在太太后面，不停地用蓝色围裙的一角去擦拭眼泪。

两个朋友

巴黎被围已有一些日子，全城在饥饿里喘息呻吟。屋顶上很难见到麻雀了，阴沟里的爬行动物也大大减少。人们逮到什么吃什么。

正月的一个早晨，天气晴和，莫里索先生饥肠辘辘，双手插在军服的裤袋里，满怀愁绪地在林荫大道上溜达。他是个钟表匠，战争期间暂时当上了居家的后备兵。这时，他骤然停步在一位后备役同事的面前。此人乃索瓦日先生，是他过去在河边钓鱼时认识的熟人。

战前，每逢星期天，莫里索一早就出发，手里拿着竹钓竿，背着白铁罐，搭上开往阿尔让特伊的火车，在哥伦布站下车，然后步行到玛朗特岛。一到他魂牵梦绕的绝妙去处，他就开始垂钓，一直钓到天黑。

每个星期天，他在钓鱼的地方总会碰见索瓦日先生。这位先生身体矮胖，性情乐观，他在罗莱特圣母街开一家服饰用品店，也是一个狂热的钓鱼迷。他们常常并排坐在水边，手握着钓竿，双腿悬在水面上荡悠，一钓就是大半天。就这样，日子一长，两人就成了好朋友。

有时候，他们整天不说一句话；有时候也聊上一阵子。但他们即使不说什么，彼此也很了解，因为趣味相投，感受一致。

春天的早晨，将近十点钟的光景，恢复了青春活力的阳光，撩动着平静水面上一层随波而流的轻雾，也照抚着两个专心致志的垂钓者，使他们的背部感到了新春的暖意。有时，莫里索会对旁边的朋友说："嗨，多舒服！"索瓦日也答上一句："再没有比这更舒服的了！"如此简单的对答，就足以使他们互相理解，相互认同。

秋天，黄昏时分，冉冉下沉的夕阳把天空涂成红彤彤的一片，彩霞如血，倒映在河中，将河水染成了紫色，天边像燃起了熊熊大火，两个朋友也笼罩在如火如荼的红光中，树上的霜叶被镀上了一层金黄，预感到初冬的寒意而簌簌颤动。此时此景，索瓦日先生会带着微笑看着莫里索说："多美的景致！"心醉神迷的莫里索眼睛仍盯着他的浮子，总是回答说："比林荫大道的景致更美！"

他俩互相一认出来，就使劲地握手，没想到会相遇在如此沧海桑田的情境中，不禁感慨万分。索瓦日先生长长叹了一口气，嘟囔着说："瞧，现在这些破事儿。"莫里索先生也闷闷不乐，悲叹道："现在是什么世道呀！开年以来，今天好不容易才碰上第一个好天气。"

的确，天空蔚蓝，阳光灿烂。

两人肩并肩地往前溜达，都是满怀心事，闷闷不乐。莫里索接着说："记得过去的钓鱼吗？嗨，那是多么美好的回忆！"

索瓦日先生发问："什么时候我们能再去钓鱼？"

他们走进一家小咖啡店，每人喝了一杯苦艾酒，然后走了出来，继续在人行道上闲逛。

莫里索突然停步说："再去喝一杯，如何？"索瓦日先生表示赞同："随您的便。"于是，他们又进了另一家酒店。

出来的时候，他们都晕晕乎乎的，像空着肚子灌满了酒的人那样醉醺醺的。天气晴和，轻柔的微风抚摸着他们的脸。

索瓦日先生在和风的轻抚下，完全忘乎所以了，他停步下来，问:"咱们去吧,好吗?"

"去哪儿?"

"当然是去钓鱼啰。"

"去哪儿钓鱼?"

"去咱们那个岛上。法国军队的前哨阵地就在哥伦布附近,我认识杜莫兰上校,没问题,他会放咱们过去的。"

莫里索满怀希望,高兴得全身颤抖,说:"一言为定,我同意。"于是,他们分头回家去取各自的钓具。

一个小时之后,他们并肩走在大路上,来到上校驻扎的那个别墅。听了他们的请求,上校笑了一笑,同意了他们这个心血来潮的怪念头。他们带着通行证就出发了。

没过多久,他们就通过了前哨阵地,穿过荒凉的哥伦布,来到了几小块向塞纳河倾斜的葡萄园旁边。这时大约是十一点钟。

对面,阿尔让特伊村看上去死气沉沉。阿尔日蒙与沙勒瓦这两个山岗俯视着整个地区。山岗一直延伸到南戴尔的辽阔平原阒无人迹之处,除了光秃秃的樱桃树与灰溜溜的田地外,一片死寂。

索瓦日用手指着山岗的峰顶,嘟囔着:"普鲁士人就在那上面!"面对着这一大片死亡地带,两个朋友惶恐不安,两腿发软。

普鲁士人!他们从未见过,但好几个月以来他们深感这批家伙无处不在,在巴黎周围,在整个法国进行蹂躏、掠夺、屠杀,制造饥荒,虽然见不着,但却凶狠强大,对于这样一个陌生的战胜者民族,他们除了仇恨外,还有一种近乎迷信的恐惧。

莫里索结结巴巴地说:"哎,万一碰到他们怎么办?"

索瓦日先生以巴黎人在任何情况也都不会失去的俏皮劲答道:"咱们就请他们吃顿油炸鱼。"

话虽如此,他们却不敢冒失往田野那边前进,因为周围一片死寂,足以叫他们胆寒。

最后,还是索瓦日先生拿定主意:"走,往前走,但是要特别小心。"于是,他们就顺着倾斜的葡萄园往下走,弯着腰,匍匐前进,利用荆棘灌木掩护自己,瞪着眼睛,环视六路,竖起耳朵,监听八方。

要到达河边,还要通过一长条光秃秃的地面。他们跑步穿过去了,一到河边,就躲在干枯的芦苇丛里蜷缩起来。

莫里索把耳朵贴在地面上,细听周围是否有人在走动。什么也没有听见。这块地方只有他们两人,绝对没有任何其他人。

他们放下心来,开始钓鱼了。

在他们对面,荒无人烟的玛朗特岛正好挡住对岸的视线,使人看不见他们。岛上有一家小饭店,门窗紧闭,看上去已废弃多年了。

索瓦日先钓到了一条鲌鱼,莫里索接着也钓到一条。随后,他们时不时把钓竿往上一扬,每次都有一条银光闪闪的小鱼挂在钓线的末端乱蹦。垂钓如此丰收,真像是一个奇迹。

他们轻轻地把鱼放进一个网眼很密的兜里,网兜浸在他们脚下的水中。他们感受到一种难以言说的欢乐,这是当一个人长期被剥夺掉一种心爱的消遣,而后又重新获得时才会体验到的欢乐。

灿烂的阳光把他们的肩膀晒得暖洋洋的,他们什么也不听,什么也不想,感受不到世上还有其他的事,他们全身心扑在钓鱼上。

突然,一声巨响似乎从地底爆发出来,把整个大地震得发抖。普鲁士人的大炮又开始轰击了。

莫里索转过头去从陡峭的河岸上望去,只见左边瓦莱利昂山高大的侧影,山顶上有一团羽饰状的白絮,那是大炮刚刚喷吐出来的硝烟。

紧接着，第二团硝烟从要塞的顶部喷出。然后，隔一会儿，又响起一声炮轰。

炮轰声接连不断，山峰上发出一阵阵毁灭性的咆哮，从那里喷出来的乳白色烟雾，在宁静的天空中冉冉上升，凝结为一朵云，压在山顶的上空。

索瓦日先生耸耸肩膀说：“瞧，他们又干上了。”

莫里索正焦急地盯着浮子上一个劲地往水里沉的羽毛，像他这么一个性情平和的人，见那些疯子如此进行屠杀，也发起火来了，他恶狠狠地说：“这么互相残杀真是愚蠢透顶！”

索瓦日先生补了一句："真比畜生还不如。"

这时，莫里索正钓到了一条欧鲅，他也发表高见说：“这么说吧，只要世界上有各种各样的政府，互相残杀就永远根绝不了。”

索瓦日接着说：“如果是共和政府，它就不会宣战了……”

莫里索打断对方的话，说："如果都是君主政府，就会打国际战争；如果是共和政府，就会打国内战争。"

他们就这么平心静气地讨论起来，他们以思想温和而见识有限的人所惯有的通情达理的态度，分析那些重大的政治问题，最后达成了这样的共识：人类是永远得不到自由的。与此同时，瓦莱利昂山上的炮轰一直持续未断，炮弹在摧毁法国人的房屋，粉碎法国人的生活，屠杀法国人的生命，埋葬数不清的美梦、数不清的欢乐期待、数不清的幸福希望，到处制造痛苦，在无数少妇、无数姑娘、无数母亲的心上造成永远不能愈合的伤痕。

索瓦日先生感慨地说："这就是生活！"

莫里索笑着回应："还不如说这就是死亡！"

但是，他们突然吓得打了一个寒战，因为明显感到有人从自己背后走过来了。一转过头去，他们就看见有四个人，不，四条大汉，全副武装，满脸胡子，像听差一样穿着号衣，戴着平顶军帽，已经紧挨在他们背后，正用枪对着他们。

两条鱼竿从他们手里掉了下来，随河水漂流而去。

几分钟后，他们被抓住、捆了起来，扔进一条小船运到对面的岛上。

在那幢他们误认为无人的房子的后面，他们见到二十来个普鲁士士兵。

有一个遍体长毛的彪形大汉，骑在一把椅子上，抽着一个特大号磁烟斗，用流利的法语向他们发问："噢，两位先生，鱼钓得不错吧？"

这时，一个士兵把没有忘了带过来的满满一网兜鱼，放在这彪形大汉的脚跟前。这家伙笑了笑："怎么样，我说你们的成绩很不错嘛，不过，咱们要谈别的事，你们给我好好听着，但不用害怕。"

"在我看来，你们就是两个间谍，受派遣来刺探我方军情。我抓住了你们，就可以把你们枪毙掉。你们假装来钓鱼，是为了更好地掩盖你们的企图。活该你们倒霉，落在了我的手里。这就是战争嘛！"

"既然你们通过了前方哨所，一定知道口令才能回去。把口令告诉我，我就饶你们的命。"

两个朋友并排站着，吓得面色如土，两手神经质地发抖，但他们闭口不语。

普鲁士军官又说："谁也不会知道这件事的，你可以安安心心回去。你们一走，这个秘密也就跟你们一道消失了。如果你们不把口令说出来，那就只有一死，而且马上执行。你们自己选择吧。"

两个朋友站着不动，仍然没有开口。

那个普鲁士人未动肝火，他指着那条河又说："想想看，五分钟后你们就要葬身水底，只有五分钟了！想必你们还有自己的亲人吧？"

瓦莱利昂山上的大炮一直在发出轰隆隆的巨响。

两个垂钓者站在那里，都一声不吭。那个军官用德语下了个命令，然后把椅子挪开，离两个阶下囚远一点。十二个士兵过来了，站在二十步开外的地方，枪柄紧靠在脚边。

军官又说："我再给你们一分钟时间，你们休想再多一秒钟了。"

这时，他突然站起来，走到两个法国人跟前，抓住莫里索的胳膊，把他拉到一旁，低声对他说："快，把口令告诉我，你的同伴绝不会看出来，我可以假装是心软了把你们放走的。"

莫里索一言不发。

于是，普鲁士人又把索瓦日拉到一旁，向他提出同样的问题。

索瓦日也一言不发。

他们两人肩并肩站在一起。

普鲁士军官一声令下，士兵们一齐举起了枪。

这时，莫里索的眼光碰巧落在几步外草地上那只盛满了鮰鱼的网兜上。

一道阳光照得这一兜活蹦乱跳的鱼闪闪发亮。他心里突然一酸，实在控制不住，两眼里充满了泪水。

他结结巴巴地说了一句："索瓦日先生，永别了。"

索瓦日先生也回答说："永别了，莫里索先生。"

他俩握了握手，全身从头到脚不禁一阵颤抖。

军官叫了一声："开火！"

十二支长枪一声齐发。

索瓦日先生脸孔向下，全身扑倒在地。莫里索身材比较高大，摇晃着转动了一下，才仰面倒在他的朋友身上，鲜血从被打穿了制服的胸前汩汩冒出来。

那个德国佬又下了几道命令。

他手下的士兵听命马上散开，找来了一些绳索与石头，把石头捆在两个死者的脚下，然后把他们抬到河岸边。

瓦莱利昂山上不断发出大炮的咆哮声，整座山都笼罩在硝烟之下。

两个士兵分别抬起莫里索的头部和脚部，另外两个则以同样的方式抬起索瓦日，用劲荡了几下，然后往远处一扔。于是，两具尸体呈一弧线形被扔进了河里，捆着石头的脚部先朝下，然后把尸体拽进了水中。

河水溅了起来，翻腾、激荡了一会儿，又自行恢复平静，一圈圈涟漪则向两岸扩展开去。

水面上漂着一些血迹。

那个军官一直若无其事，泰然从容，这时，低声说了一句："现在，该轮到那些鱼了。"

说着，他朝那所房子走去。

他一眼看见草地上那一网兜鲌鱼，拎了起来，端详了一下，露出微笑，大声叫道："威廉你过来！"

一个系着白色围裙的士兵跑了过来。那军官把两个死者遗留下来的一个网兜鱼扔给他，命令道："趁这些鱼还活着，你赶快给我煎一煎，味道一定很鲜美。"

说完，又开始抽他的烟斗。

爱情
猎人笔记三页

最近,我从报纸的社会新闻栏中,看到一个爱情悲剧的报道。有一个男子将自己的女人杀死,然后自杀,可见,这个男子一直是爱着这个女人的。在我看来,这个男子与这个女人是何许人也,并无关紧要,我所看重的只是他们的爱情。这爱情之所以使我大感兴趣,不是因为它引起了我的怜悯,不是因为它使我深感惊奇。使我颇为感动,使我思索不已,而是因为它唤起了我青年时期的一段回忆,一段狩猎的回忆,在那次猎事活动中,爱情向我显示出它的真谛,就像十字架在天空中第一次向基督徒显灵一样。

我生来就具有原始人所有那些本能的感官,不过被文明社会的理性与情感磨去了棱棱角角。我酷爱打猎,一看见动物身上鲜血淋淋,羽毛上染满了血,我自己手上也沾上了血,我的心就兴奋得无法控制。

那一年,时届深秋,天气骤冷,我被表兄卡尔·德·罗维尔叫去,在黎明时跟他一起到沼泽地去打猎。

我的这位表兄,是一个四十岁的壮汉,满头红棕色的头发,体格硕健,胡须浓密,既是个乡绅,又是半个未开化的野人,生性开朗,平日嘻嘻哈哈,天生有高卢人的机智幽默,因为此,他平庸凡俗的人品才得以显得有趣可爱。他的住宅是一座半农庄半城堡式的建筑,坐落在一条宽阔的山谷里,谷里有一条河穿流而过,其左汉,全副武装,满脸胡子,像听差一样穿着号衣,戴着平顶军帽,已经紧挨在他们背后,正用枪对着他们。

两条鱼竿从他们手里掉了下来,随河水漂流而去。

几分钟后,他们被抓住、捆了起来,扔进一条小船运到对面的岛上。

在那幢他们误认为无人的房子的后面,他们见到二十来个普鲁士士兵。

有一个遍体长毛的彪形大汉,骑在一把椅子上,抽着一个特大号磁烟斗,用流利的法语向他们发问:"噢,两位先生,鱼钓得不错吧?"

这时,一个士兵把没有忘了带过来的满满一网兜鱼,放在这彪形大汉的脚跟前。这家伙笑了笑:"怎么样,我说你们的成绩很不错嘛,不过,咱们要谈别的事,你们给我好好听着,但不用害怕。"

"在我看来,你们就是两个间谍,受派遣来刺探我方军情。我抓住了你们,就可以把你们枪毙掉。你们假装来钓鱼,是为了更好地掩盖你们的企图。活该你们倒霉,落在了我的手里。这就是战争嘛!"

"既然你们通过了前方哨所,一定知道口令才能回去。把口令告诉我,我就饶你们的命。"

两个朋友并排站着,吓得面色如土,两手神经质地发抖,但他们闭口不语。

普鲁士军官又说:"谁也不会知道这件事的,你们可以安安心心回去。你们一走,这个秘密也就跟你们一道消失了。如果你们不把口令说出来,那就只有一死,而且马上执行。你们自己选择吧。"

两个朋友站着不动,仍然没有开口。

那个普鲁士人未动肝火,他指着那条河又说:"想想看,五分钟后你们就要葬身水底,只有五分钟了!想必你们还有自己的亲人吧?"

瓦莱利昂山上的大炮一直在发出轰隆隆的巨响。

两个垂钓者站在那里,都一声不吭。那个军官用德语下了个命令,然后把椅子挪开,离两个阶下囚远一点。十二个士兵过来了,站在二十步开外的地方,枪柄紧靠在脚边。

军官又说:"我再给你们一分钟时间,你们休想再多一秒钟了。"

这时,他突然站起来,走到两个法国人跟前,抓住莫里索的胳膊,把他拉到一旁,低声对他说:"快,把口令告诉我,你的同伴绝不会看出来,我可以假装是心软了把你们放走的。"

莫里索一言不发。

于是,普鲁士人又把索瓦日拉到一旁,向他提出同样的问题。

索瓦日也一言不发。

他们两人肩并肩站在一起。

普鲁士军官一声令下,士兵们一齐举起了枪。

这时,莫里索的眼光碰巧落在几步外草地上那只盛满了鮈鱼的网兜上。

一道阳光照得这一兜活蹦乱跳的鱼闪闪发亮。他心里突然一酸,实在控制不住,两眼里充满了泪水。

他结结巴巴地说了一句:"索瓦日先生,永别了。"

索瓦日先生也回答说:"永别了,莫里索先生。"

他俩握了握手,全身从头到脚不禁一阵颤抖。

军官叫了一声:"开火!"

十二支长枪一声齐发。

索瓦日先生脸孔向下，全身扑倒在地。莫里索身材比较高大，摇晃着转动了一下，才仰面倒在他的朋友身上，鲜血从被打穿了制服的胸前汩汩冒出来。

那个德国佬又下了几道命令。

他手下的士兵听命马上散开，找来了一些绳索与石头，把石头捆在两个死者的脚下，然后把他们抬到河岸边。

瓦莱利昂山上不断发出大炮的咆哮声，整座山都笼罩在硝烟之下。

两个士兵分别抬起莫里索的头部和脚部，另外两个则以同样的方式抬起索瓦日，用劲荡了几下，然后往远处一扔。于是，两具尸体呈一弧线形被扔进了河里，捆着石头的脚部先朝下，然后把尸体拽进水中。

河水溅了起来，翻腾、激荡了一会儿，又自行恢复平静，一圈圈涟漪则向两岸扩展开去。

水面上漂着一些血迹。

那个军官一直若无其事，泰然从容，这时，低声说了一句："现在，该轮到那些鱼了。"

说着，他朝那所房子走去。

他一眼看见草地上那一网兜鲄鱼，拎了起来，端详了一下，露出微笑，大声叫道："威廉你过来！"

一个系着白色围裙的士兵跑了过来。那军官把两个死者遗留下来的一个网兜鱼扔给他，命令道："趁这些鱼还活着，你赶快给我煎一煎，味道一定很鲜美。"

说完，又开始抽他的烟斗。

爱情
猎人笔记三页

最近，我从报纸的社会新闻栏中，看到一个爱情悲剧的报道。有一个男子将自己的女人杀死，然后自杀，可见，这个男子一直是爱着这个女人的。在我看来，这个男子与这个女人是何许人也，并无关紧要，我所看重的只是他们的爱情。这爱情之所以使我大感兴趣，不是因为它引起了我的怜悯，不是因为它使我深感惊奇。使我颇为感动，使我思索不已，而是因为它唤起了我青年时期的一段回忆，一段狩猎的回忆，在那次猎事活动中，爱情向我显示出它的真谛，就像十字架在天空中第一次向基督徒显灵一样。

我生来就具有原始人所有那些本能的感官，不过被文明社会的理性与情感磨去了棱棱角角。我酷爱打猎，一看见动物身上鲜血淋淋，羽毛上染满了血，我自己手上也沾上了血，我的心就兴奋得无法控制。

那一年，时届深秋，天气骤冷，我被表兄卡尔·德·罗维尔叫去，在黎明时跟他一起到沼泽地去打猎。

我的这位表兄，是一个四十岁的壮汉，满头红棕色的头发，体格硕健，胡须浓密，既是个乡绅，又是半个未开化的野人，生性开朗，平日嘻嘻哈哈，天生有高卢人的机智幽默，因为此，他平庸凡俗的人品才得以显得有趣可爱。他的住宅是一座半农庄半城堡式的建筑，坐落在一条宽阔的山谷里，谷里有一条河穿流而过，其左右两岸的山丘上遍布着密密的树林，树林自古以来都归封建领主所有，其中还留存着好些参天壮丽的大树，那上面常栖有法国这一地区最为罕见的飞禽。人们常到这里来猎射老鹰，而那些从来不去人口稠密地区的候鸟，几乎毫不例外都来这些百年老树上栖歇，似乎它们认得并熟悉这古老森林里某个小小的角落，知道那是它们夜间短暂歇息的庇护所。

山谷里有一些大牧场，均能得到沟渠灌溉之利，被树篱隔成了一片又一片，较远处，河流与渠道疏通，铺陈为水网密布的广阔地带。这个地带是我所见过的最为理想的狩猎区，我的表兄倾心经营，将它保养得像一个公园。大片大片的芦苇覆盖在水网地带，飒飒作响，充满生气，如海浪一般起伏翻腾。人们在芦苇之中，辟出一条条狭窄的水道，平底船靠着篙撑，在静止不动的水面上行进，悄无声息，不时掠过芦苇的茎秆，惊走了那些在水草中游动的鱼儿，使得野水鸡黑黑尖尖的脑袋潜入水中，消失不见。

我很爱水。我爱海水，尽管它过于浩瀚，过于激荡，难以调控；我爱河水，它如此美妙，虽然它奔腾、逃遁、一泻而逝；我尤其爱沼泽之水，那里面搏动着水生动物神秘莫测的生命。沼泽地，是地球上一个完整的特定世界，一个与众不同的世界，它有自己的生活，它有自己的常住居民，有自己的临时过客，它有自己的言语，自己的动静，特别是有自己的奥秘。没有什么地方比沼泽地带更叫人心神不定，更令人不安，更使人惊恐的了。为什么在这覆盖着水泊的低洼之地的上空，笼盖着恐怖？是大片芦苇的沙沙声造成的？还是星星点点、怪异闪烁的磷火？是被死寂夜幕包裹得严严实实的万籁无声？还是像尸衣般拖曳在芦苇丛上的神秘雾霭？要不然就是那难以察觉的汩汩声，它低微而轻柔，有时却又比人间的炮火或天上的雷鸣更令人恐慌，它使得沼泽地像梦幻之境，像令人畏惧的地方，深藏得不可知的危险的地方。

不，从沼泽地带之中还产生另一种东西，在它浓浓的雾霭里，还飘忽着另一种更深刻、更沉甸的奥秘，这也许就是大自然奥秘本身！因为生命最初的萌芽，就是滋生于停滞不动的泥浆之中，就是萌动、成长、绽放于温暖阳光的照耀下，滋润潮湿的泥土中。

傍晚时分，我来到表兄的家里。天气寒冷，石头都快冻裂了。

我们在大厅吃晚饭。大厅的餐具柜上、墙上、天花板上，都挂满了塞着稻草的飞禽标本，鹰、鹭、猫头鹰、夜鹰、鵟、猛禽、秃鹫、隼，无所不有，姿态各异，有的展开翅膀，有的栖息在固定的树枝上。表兄向我讲了讲他为当天夜里的安排。他穿着一件海豹皮做的礼服，本人就像冰寒地带的一头怪兽。

我们必须在凌晨三点钟出发，这样就可以在四点半左右到达事先选好的潜伏地点。为了稍许抵挡抵挡破晓前的寒风，那里早已用冰块砌成了一个隐蔽所。凛冽的寒风实在可怕，吹在肌肤上，如锯子在撕裂，如毒刺在狠扎，如刀片在切割，如钳子在猛绞，如烈火在灼烧。

表兄搓着双手取暖，说："我从没有碰见过这么冷的天气，现在是傍晚六点钟，气温已经是零下十二度了。"

晚饭后，我立刻爬上床，在壁炉熊熊大火的亮光中睡着了。

凌晨三点整，有人把我叫醒。我也披上一张绵羊皮，而表兄则裹着一张熊皮。我们每人喝了两杯滚烫的咖啡，接着又干了两杯上等白兰地，然后就带着一个跟班和两条狗出发了，一条狗名叫普隆戎，另一条叫皮埃罗。

刚一走出屋子，我便感到寒气透骨。那个夜晚，大地仿佛已经冻死。冰冷的空气变得似乎坚硬可触，令人难受，它凝固成型，岿然不动，没有任何风吹能搅动它分毫；它撕咬、刺透、吸吮、扼杀所有的树木、植物和昆虫，即使是飞鸟也在劫难逃，它们冷得从树枝上坠落到坚硬的地上，在严寒之中，冻得像土地一样硬邦邦。

一弯下弦月挂在天边，苍白黯淡，在太空中显得疲软无力，再也难以移动，它悬在空中，也受到高处严寒的侵袭而冻僵了。它向人间洒下一片干涩而悲凉的光，每个月它行将消隐之前，总要将这种微弱苍白、奄奄一息的光，洒向人间。

卡尔与我，肩并肩、弯着腰向前走去，两手插在口袋里，猎枪夹在胳膊下。为了在冰冻的水面上行走不打滑，并且踩地无声，不惊动猎物，我们在皮靴外面都裹上了羊毛。跟随着我们的两条狗，气喘吁吁，不断呼出白色的雾气。

我们很快就来到了沼泽地带的边缘，走进一条干枯芦苇所形成的小道，这小道穿过一大片低矮的芦苇丛，向前伸展。

我们的手肘轻轻擦过一条条像饰带般的长芦苇叶子，在我们身后留下一阵轻微的飒飒声。沼泽地在我心里所引起的那种强烈的奇特的感情，一下就完全控制了我，这是我过去从未有过的。这一片沼泽已经死了，被冻死了，既然我们穿过密密的干枯芦苇丛，走在它上面仍安然无恙。

突然，在小道的转弯处，我瞧见了那个事先砌好给我们当隐蔽所的冰屋。我走进去，因为那些居无定处的鸟儿要一个钟头以后才会醒来，我便钻进被子试图取暖。

我仰面躺着，开始观察那变了形的月亮，透过这间屋子略略透明的冰墙看去，我觉得它似乎有四只脚。

但是，沼泽地带的严寒，冰屋四壁的寒气，从天而降的冷气，很快就渗透进我的体内，我开始咳嗽了。

表兄卡尔开始惴惴不安，他说："如果今天打不到什么，那就算我们倒霉，我可不想让你感冒，我们这就生火吧。"说完，他就吩咐跟班去割干枯的芦苇。

我们在冰屋中央放了一堆芦苇,冰屋的顶盖捅了个窟窿,以便冒烟。当红色的火焰沿着水晶般明亮的四壁上窜时,冰墙开始静静地逐渐融化,就像是冰块在出汗。卡尔待在冰屋外,他朝我喊:"你快来看吧!"我走了出去,一下就惊呆了。我们那圆锥形的冰屋,就像一颗中心燃着火光的巨大钻石,突然被置于沼泽地冰冻的水面上。而在钻石之中,则可以看到两个奇特的形象,那是我们带来的两条狗正在火旁取暖。

但这时,我们头上掠过一阵叫声,怪里怪气、嘈杂零乱而又飘忽不定的叫声,原来是冰屋里的火光把那些野鸟惊得乱飞乱叫。

这是有生之物在黎明发出的第一声聒噪,没有什么比这更使我心潮起伏了,这叫声你看不清发自何物,但它于冬日第一道曙光初现以前,在黑漆漆的天空里,迅速地向远方传播。我觉得,当此寒冽的拂晓时分,这乘着鸟儿的翅膀飞逝而去的叫声,仿佛是世界生灵的第一声叹息。

卡尔说了一声:"把火灭掉,天亮了。"

天空的确开始泛白,成群的野鸭在天际飞远,像是一长串黑点,瞬息即逝。

夜色之中闪出一束亮光,卡尔刚刚放了一枪,两条狗向前扑去。

于是,每当芦苇上空出现飞行群体的阴影时,我们便赶紧瞄准射击,有时是他开枪,有时是我。皮埃罗与普隆戎便兴高采烈、气喘吁吁跑去。把鲜血淋淋的飞禽衔回来,有时,垂死猎物的眼睛还瞧着我们。

天光大亮,这是一个晴朗的日子,天空一片蔚蓝,太阳从谷底冉冉升起,我们正要继续前进,有两只飞鸟颈脖直伸,双翅展开,从我们头上掠过。我开枪射击。其中一只几乎就坠落在我脚旁，那是一只腹部呈银灰色的野鸭。这时，在我头顶的上空，另一只还在叫唤，那是一种急促、反复而令人心碎的哀鸣。它幸免于难，却并未飞遁而去，而开始在我们头上那一片蔚蓝色天空中盘旋，同时盯着我提在手里的它那死去的伴侣。

卡尔跪着，枪扛在肩上，目光炯炯，直盯着剩下的那一只，等着它飞得靠近些。

"你打下的那只是雌的，"他说，"雄的那只不会飞走了。"

的确，它没有飞走，它一直在我们上空盘旋，围着我们不断哀号。这只可怜的生灵，在空中茫然若失，不断地发出凄厉的呼唤，悲痛的谴责，我从来没有听到过任何痛苦的呻吟比这更叫我心碎。

有时，在枪口瞄准的威胁之下，它也飞遁而逃，似乎准备独自向天空飞去，继续自己的行程。然而，它终究下不了决心，立刻又飞回来找失去的伴侣。

"你把打死的那一只放在地上，"卡尔对我说，"剩下的那一只马上就会靠近。"

果然，那一只全然不顾危险，飞了过来，由于对被猎杀的伴侣的怜爱而癫狂了。

卡尔开枪一射，似乎悬挂着那只鸟儿的绳索猛然被切断了，黑乎乎的它应声落地，我听见芦苇丛里那落地的响声。皮埃罗急忙窜出，将鸟儿衔了回来。

我把这两只已经冰凉的鸟儿，塞进一只小猎物袋里……就在那一天，我动身回到巴黎。

港口

I

一八八二年五月三日，三桅帆船"风中圣母号"从勒阿弗尔港出发，驶往中国海域。在海上辗转漂泊，历经四年，于一八八六年八月八日又回到了马赛。船上所载的第一批货物是在中国港口卸下的，而后又装上了一批货物，运往布宜诺斯艾利斯，从那里，再运一批货物去了巴西。

其后，又做了好几次其他航行，另外，不止一次在海上被损伤，多次翻修，再遇到几个月的无风期，还有被飓风刮离了航线，以及海上大大小小的事故，各种各样危难风险、接二连三的背运倒霉，等等，使得这条诺曼底三桅帆船长期远离故土，飘零于海上，最后才满载着美洲的黑白铁罐头，驶回了马赛。

当年出发时，除了船长与大副外，船上共有十四名水手，其中八个诺曼底人，六个布列塔尼人。回到马赛时，就剩五个布列塔尼人和四个诺曼底人了，途中，死掉了一个布列塔尼人，不同情况下，又有四个诺曼底人失踪，但补充了两个美洲人，一个黑人与一个挪威人，那个挪威人，是一天晚上在新加坡的小酒店里被连哄带骗地招募上船的。

这条船体积庞大，篷帆已被卸下，桅杆交叉成十字形，本港的一艘拖轮正拖拉着它，呼哧呼哧好不费劲。这时风停了，海浪也逐渐平复，三桅船在微风中缓缓从伊夫岛旁边驶过，而后，在灰色的峭壁跟前，穿过夕阳西照、笼罩在一片金黄色薄霭之中的锚地，进入了古老的港口。港口内，沿着码头，栉比鳞次地停满了来自世界各地的船只，样式不同，大小不一，装备也五花八门，乱糟糟的一团。在这过于狭小、满是浊水的海港里，拥塞在一起的船壳，就像一条条鱼泡在一盆普鲁旺斯鱼汤中一样。

"风中圣母号"停靠在一艘意大利双桅帆船与一艘美国双桅帆船之间，为了给后来的伙伴留出空隙，两条船都各自向外挪了一挪。入海关与进港口的手续一一办完之后，船员发话，让三分之二的船上人员离船上岸，过了一个夜晚。

夜幕降临，马赛城万家灯火。在这炎热的夏夜，人声嘈杂，车水马龙，驱车扬鞭声不绝于耳，空气中弥漫着带有大蒜味的烹调气味，好一派南国都市的欢快氛围。

这十个水手连续在海上颠簸漂泊了好些个月，一旦上岸，走起来并不自在，他们两人一排，脚步迟疑，因为多年背井离乡，他们对城市生活颇有点不习惯了。

他们晃晃悠悠地往前走，边走边摸清方向，最近七十天的海上生活，使得他们体内对性的渴求越来越强烈，眼下他们正处于亢奋状态，一个劲地嗅出港口周边花街柳巷的通路。几个诺曼底人走在前面，为首的叫塞勒斯坦·杜克洛，他是个高高大大的小伙子，强壮而机灵，每次上岸，他都充当领队的角色，他善于找到享乐的好去处，而且每次游玩他别出心裁，也很少卷入港口中司空见惯的水手斗殴事件，不过，一旦卷入，他是天不怕地不怕的。

一条条阴暗的街道，像阴沟似的通向海边，散发出浓重的浊气，即那种低级下流场所特有的气味。塞勒斯坦略微犹豫之后，进入了一条像走廊一样曲折的小街，街里每一家门牌上都点着一盏凸显出来的灯，彩色毛玻璃灯罩上标出了大字的门牌号。狭窄的门檐下，有一些身穿罩衫的女子，坐在草编的椅子上，像是女佣人。他们一见有人走近，就赶忙站起来，迎上前去，走到街中间的水沟旁，截住这一行人的去路。水手们正慢慢走了过来，他们哼着唱着，笑着闹着，愈走近这一片妓区，就愈是兴奋。

在一个门厅的尽头，有一扇包着棕色软皮的第二道门，偶尔突然打开，出现一个只穿着内衣的胖女人，她粗壮的大腿与肥肥的腿肚，在粗网眼的白色紧身内衣里凸显无遗。她的裙子短得像一条松松鼓鼓的腰带，胸部、肩膀与双臂都是粉红色的肥肉，露在饰有金边的黑色天鹅绒上衣的外面，显得有些刺眼。她从远处招呼水手们："漂亮的小伙子们，你们过不过来？"有时，她还亲自出马，上前抓住其中的一个，生拉硬扯，拼命往门里拽去，就像一只蜘蛛拖着一个比自己体积更大的虫子。那个水手在此香艳亲昵的拉拉扯扯中，兴奋起来，半推半就，其他几个伙伴也停步下来，观望等待，还拿不定主意，是立刻进到窑子里去，还是再往前走走，将自己的胃口调得更足。那个妓女用尽吃奶的劲，好不容易将那个水手拖到自己的房门前，眼见其他伙伴也要跟随其后，鱼贯而入，那个对妓院了若指掌的塞勒斯坦·杜克洛猛然嚷了一声："别进去，马尔尚，这一家不行！"

那个水手听从了劝阻，使劲一推，挣脱了妓女的纠缠。于是，这一行人又重新恢复原来的队形，继续往前走，那个气急败坏的妓女则在他们背后，用极为下流的脏话进行辱骂。现在，沿街的女人，听到这一阵吵嚷声，都跑出了自己的家门，她们用沙哑的噪音跟水手们揽生意，作出种种承诺与保证。在这一条街上，前头是妓院女鸨招揽嫖客的一片甜言蜜语，后头是那些没有做成生意的妓女在进行谩骂或表示讥屑。水手们在前后两股声浪中前进,肉欲之火愈烧愈烈。时不时,他们还碰上另一些嫖客,有的是大兵,他们走着的时候,佩刀老碰在自己的腿上当当作响,有的也是水手,还有的是独来独往的市民以及商店里的伙计。整个街区交错着这种狭窄的小巷,处处都挂着这种昏暗的门灯,这一行人在这低级酒吧林立的迷魂阵里,在淌着脏水、滑溜溜的石块路上,走着走着,两边是女人排列成行的肉墙。

终于,杜克洛打定主意,在一家门面相当漂亮的妓院前停下来,要他的伙伴全都进去。

II

开怀畅饮,尽情狂欢!整整四个钟头,这十名水手饱尝了美酒与女人的滋味,他们六个月的工资也就花得一干二净。

在宽敞的咖啡厅里,他们大模大样地坐着,颇有敌意地瞟着坐在角落里的一张小桌旁的一些普通常客,那里正有几个没有陪客的姑娘,其中一个跑去伺候那几个客人,她打扮得像个大大的布娃娃,或者说,像演艺咖啡厅里的歌女,她忙着伺候了一阵后,就在那些客人旁边坐下。

水手们一来,每个人就挑了一个妓女作陪,整整一个晚上,都将她留在身边,要知道,平民百姓并不喜欢变换口味。他们将三张桌子合并在一块。满满喝完第一杯酒之后,这一行人的数目比原来增加了一倍,因为每个水手都找到了一个女人,她们排成队,成行地上了楼梯。一对对爱侣的四只脚,在楼梯上响了好一阵子,直到这一支爱的纵队通过一个狭小的门道,消失在各个房间里。

事后,他们又下楼来喝酒,喝完以后,又再上楼。

现在，他们几乎都要醉了，说话没谱，大叫大嚷，每个人眼睛发红，把心上人搂在膝上，有的唱，有的喊，有的用拳头捶桌子，有的一个劲往嗓子里灌酒，肆无忌惮地发泄出自己丑陋的本能。塞勒斯坦·杜克洛混在伙伴们之中，也紧紧搂着一个姑娘，含情脉脉地看着她，那姑娘是红脸蛋高个子，正骑在他的大腿上。他虽然并没有少喝，但还没有醉，脑子还算清醒。他生性重感情，想和这姑娘聊聊天。但他的思想已开始悠悠忽忽，难以集中，时隐时现，话到嘴边，却又倏忽即逝。

他笑着，一句话说了两遍：

"这么说来，这么说来……你在这儿已经待了很久了？"

"六个月了。"那姑娘答道。

他对她流露出颇为满意的表情，似乎从她的答话里看出了她是个品行纯良的姑娘。他接着又问：

"你喜欢干这一行吗？"

她迟疑了一下，无可奈何地答道：

"习惯了，干这一行不见得比干别的差。当女佣也好，当妓女也好，反正都是下贱行当。"

看样子，他也认为她讲得在理。

"你是不是本地人？"他问。

姑娘摇了摇头，没有吭声。

"你老家离这里很远吗？"

她点了点头，仍然没有吭声。

"你从哪里来的？"

姑娘好像在思索，在回忆，然后喃喃地说：

"我是佩皮尼昂地方的人。"

他再一次显得很高兴，说：

"啊，原来如此！"

现在轮到她来发问了：

"你，你是水手吗？"

"是的，我的小美人。"

"你是老远的地方来的？"

"啊，当然。我到过很多国家，我到过很多港口。"

"你也许已经在全世界跑了一圈了吧？"

"你说的对，不止一圈，快两圈了。"

她又迟疑了一下，似乎在回忆中搜索某件已经遗忘的事情，然后，用较为严肃、与刚才略有不同的语气，问道：

"你在航行中遇见过不少海船吧？"

"是的，我的美人。"

"你有没有凑巧遇上过'风中圣母号'？"

他哧哧笑了一声：

"上个礼拜就遇上过。"

那姑娘脸色刷的一下变得煞白，急切地问道：

"真的？真的？"

"真的，就像我在跟你说话一样千真万确。"

"你总不至于在撒谎吧？"

他举起一只手，说：

"我向上帝发誓！"

"那么，那你知不知道，塞勒斯坦·杜克洛可在船上？"

他吃了一惊，隐隐感到不安，想在答话之前，摸清情况，做到心里有数，他问：

"你认识他吗？"

那姑娘也起了疑心。

"噢，我不认识，有一个女人认识他。"

"是这儿的一个女人？"

"不是的，是附近的一个女人。"

"就在这条街上吗？"

"不，在另外一条街上。"

"什么样的女人？"

"还不是跟我一样的女人呗！"

"那女人要找杜克洛干什么？"

"我说不清楚，大概是同乡吧。"

他俩互相对视着，都想从对方的眼睛里看出点什么东西，似乎预感到将有严重的事情发生在他们之间。

他又问：

"我能去看看那个女人吗？"

"你有什么要跟她说？"

"我跟她说……我跟她说……我说我见过塞勒斯坦·杜克洛。"

"他至少身体还不错吧？"

"跟你我一样好，他是个挺结实的小伙子。"

那姑娘又不作声了，她正在专心想什么，接着，慢慢吞吞地问道：

"'风中圣母号'开到哪里去了呢？"

"就在马赛。"

她情不自禁地跳了起来：

"真的？"

"的的确确。"

"你认识杜克洛吗？"

"是的，我认识。"

他又迟疑了一下，低声自语：

"好，太好了！"

"你要找他干什么？"

"你听着，你去对他说……不，还是什么也甭说！"

他看着这姑娘，越来越感到不安了，他想知道究竟是怎么回事。

"你，你也认识杜克洛？"

"不！"她矢口否认。

"那么，你要找他干什么？"

那姑娘突然做出决定，她站起来，向老板娘坐镇的柜台跑去，抓过来一个柠檬，将它剥开，把汁液挤进一只玻璃杯里，再兑上清水，端了过来，对他说：

"把这个喝下来！"

"为什么？"

"让你醒醒酒，我有话要跟你说。"

他乖乖地喝下，用手背抹了抹嘴，说：

"好啦，我听你说。"

"我要你发誓，永不告诉他你碰见过我，也不告诉他，我这些话，你是从谁嘴里听说的。你得发个誓。"

他举起手来，神情有点恍惚不定：

"好啦，我发誓！"

"以天主的名义发誓？"

"以天主的名义。"

"好的，你就对杜克洛说，他爹已经死了，妈也死了，兄弟也死了，三个人死在同一个月里，都是得了伤寒病，到现在已经有三年半了。"

这一下子,他觉得全身的血液都在涌动,一时,他大感震惊,讲不出一句话来,但一转念,心里又产生了疑惑,问道:

"你所讲的属实吗?"

"确确实实。"

"是谁告诉你的?"

那姑娘双手按着他的肩膀,紧盯着他的两眼,说:

"你发誓不对别人乱说?"

"我发誓不说。"

"我就是杜克洛的妹妹!"

他情不自禁,脱口喊出了她的名字:

"弗朗索瓦丝!"

那姑娘又盯了他看了一阵,然后,像一个可怕的疯子,惊恐万状地喃喃低语,几乎听不见声音:

"啊!啊!是你吗?塞勒斯坦?"

然后,他俩一动也不动,互相凝视着。

在他们周围,那些伙伴们一直在吵吵嚷嚷,玻璃杯相碰,拳头捶打桌子,用脚后跟打拍子伴唱,还有女人尖叫尖喊,所有这些噪音与歌声混成了一片。

他感觉到妹妹就坐在他身上,贴在他怀里,身子暖烘烘的却又充满了恐慌,这就是自己的亲妹妹呀!他发出了一声悲叹:

"天啦,真糟糕,咱们干出了什么样的好事哟!"他声音极低,低得只有她才能勉强听得见,因为他害怕别人也听见。

姑娘眼里顿时充满了泪水,她结结巴巴地说:

"这难道是我的过错吗?"

他突然又问:

"这么说,他们都已经死了?"

"都死了。"

"爹、娘和弟弟,全都死了?"

"我已经告诉你,他们三个人是同一个月里死的。当时,只剩下我一人,除了几件破衣外,什么都没有。因为欠了三个人的医药费与丧葬费,我只好把家具全都卖了还债。"

"后来,我就到卡舍老板家当佣人,就是你认识的那个瘸子卡舍。那时,我刚十五岁,你离家外出的那年,我还不满十四,我上了他的当,失了身,因为自己年轻,什么都不懂!后来,我又到一个公证人家里当佣人,他又玷污了我,把我带到勒阿弗尔开了个房间,没多久,他就消失得无影无踪。我一连饿了三天,找不到谋生的路子,我只好像很多女人一样,进了窑子。我跑过不少码头,见过一些世面,唉,到处都肮脏得很!鲁昂、埃夫勒、里尔、波尔多、佩尼昂、尼斯,还有眼下我待的马赛,没有一个地方不脏!"

她一把鼻涕一把泪,泪流满面,一直流进了嘴巴。

她又说道:

"我以为你也死了,我可怜的塞勒斯坦。"

他说:

"我一点也没有认出你,你当时是那么小,现在你长大了!可是你,你怎么也没有认出我呢?"

她做了一个无可奈何的手势。

"我见过的男人太多了,在我眼里,所有的男人差不多都一个样。"

他继续凝视着她的脸,心里像是翻江倒海那样的难受,他真想号啕大哭,如同一个遭到了鞭打的孩子,他仍然将姑娘搂在怀里,让她骑在腿上,但两手松开了,垂在她的背上,他使劲地盯着她看来看去，终于认出了她的这位小妹妹，被遗留在故乡的小妹，正是他漂泊在海上的期间里，这小妹亲眼看见了自己的亲人全都死去。于是，他突然用他那双水手的大巴掌，捧住这张失而复得的脸孔，像吻骨肉亲人那样地吻着，随之，他发出一阵呜咽，一个男子汉的呜咽，它像海浪一样涌上喉头，连绵不断，听起来像是醉汉在打呃。

他结结巴巴地说：

"是你呀，原来是你，弗朗索瓦丝，我的小弗朗索瓦丝……"

他突然站起来，开始呼天抢地，声音吓人，他抡起拳头，狠狠往桌子上一捶，把玻璃杯震落在地，摔得粉碎。他往前走了两三步，摇摇晃晃，伸出双手，脸朝下跌倒在地。他在地上打滚，哭哭啼啼，不停地乱捶乱踢；还发出一阵阵呻吟，像临终时的喘气。

他那些伙伴们看着他，笑得不亦乐乎。

"他醉得够呛了！"一个伙伴这么说。

"得叫他睡一觉，"另一个说，"他这么上街，准会有人抓他去监狱。"

因为他口袋里还有钱，于是，老板娘就供给她一张床。那些醉得也没有正形的兄弟们，就连拖带拽，经过狭窄的楼道，将他一直拖到刚才接待他的那个姑娘的屋里。姑娘坐在一张椅子上，就靠近着那罪孽之床，她跟自己的哥哥一样，哭个不停，直到第二天早晨。

骑马

这可怜的一家人，仅仅靠丈夫微薄的薪水勉强度日，结婚之后，添了两个孩子，原来甚为拮据的日子，变本加厉，演化为寒碜、自惭形秽、却又遮遮掩掩的生活，那种破落贵族仍硬撑门面的尴尬生活。

这家的男主人名叫海克托·德·格里贝南，在外省土生土长，从小在祖传的花园里受一年老家庭老师的调教。那时，他的家道就已经中落，但仍竭力维持着大户人家的风光体面。

到了二十岁，长亲为他谋了份公差，进海军部当了科员，年薪一千五百法郎。这种差事就有如一块礁石，好些人都要在此搁浅，无法再前进半步。搁浅者大凡是这样一些人：早年未经受过磨难、无生活奋战准备者；隔着云雾看人生，既不懂进取之手段策略，又无软磨硬抗之承受耐力者；从小没有机会练就一身本领专长，又无特殊天赋禀能者；自幼就无奋斗精神，且手无寸铁与利器者。

他在科里的头三年，可谓是备受煎熬。

后来，他总算遇上了几位世交，那都是落后于时代的老人，且家境皆不富裕，他们都住在圣日耳曼区旧贵族聚居的街上，街区冷落，一片凄清。

这些旧时代的贵族，对当代生活隔膜无知，既寒碜卑微，又自视甚高，他们住在死气沉沉的楼房里，集中在上面的几层，从上到下的住户，个个都有贵族封号，不过，从第二层到第六层的住户，似乎都不大有钱。

这些人家，过去都有荣光辉煌的家世，因为后人游手好闲而破落了，而今，却仍死抱着贵族成见不放，念念不忘自己高贵的血统门第，唯恐有失自己的身份脸面。

海克托·德·格里贝南就是在这样的圈子里遇上了一位姑娘，其高贵的血统与穷酸的家境全跟他一样，于是，他便娶了她。

婚后四年，他们生了两个孩子。

此后的几年中，这一家子一直在清苦的重压下喘息，平时从来没有什么休闲工作，只有在星期天去香榭丽舍溜达溜达，或者清淡季节有同事送来优待券时，到剧场去免费看一两场戏。

可是，这一年快到开春时，科长委派他办了一桩额外的差事，因此，他得到了三百法郎的特别奖金。

把这笔钱拿回家时，他对妻子说：

"我亲爱的亨丽埃特，我们该去享受一下了，比如说，带孩子们去好好玩一玩。"

两夫妻讨论了许久，终于决定全家到乡下去玩，并在那里举行野餐。

"我保证，"海克托大声说，"只此一回，下不为例，这次我要为你、孩子和女佣，租一辆四轮大马车，而我自己，我去租一匹马骑着去，这对我的健康有好处。"

整整一个星期，全家对这次计划中的郊游，谈论个没完没了。

海克托每天晚上从办公室回来，就抱过大儿子，让他骑在自己的腿上，使劲地将他颠得一上一下，对他说：

"喏，下星期天郊游时，你老爸就要这么骑着马跑。"

于是，小孩也就整天跨在椅子上，拖着椅子满客厅里跑，嘴里喊道：

"这是爸爸在骑马。"

女佣一想到男主人将骑着马伴随马车而行，则以赞赏膜拜的眼光看着他。每顿饭她都听他大谈骑术之妙以及他当年在父亲庄园里英勇驭马的经历。好家伙！他是受过专业训练的，只要一跨上马背，他什么都不怕，真的什么都不怕！

他兴高采烈地搓着双手，一再对妻子吹嘘说：

"要是给我一匹烈性子的马，那我才高兴呢，你就瞧我怎么骑上它吧，只要你愿意，我们从布洛涅森林回来时，可以走香榭丽舍大街。那一定很长脸很神气，要是能碰上部里的同事，那就最好不过了，单凭这一点，就足以叫那些上司对我刮目相看。"

郊游那一天，马车与马同时来到家门口。他立即下楼，检查他的坐骑。他早已叫家人缝好了套在鞋底下的绷带，手里挥舞着前一天买来的马鞭。

他先将坐骑的四条腿一一抬起来，摸捋一番，又摸摸它的脖子、两肋和膝弯，用手指试试它的腰，再掰开它的嘴，对牙齿进行了检查，并大声宣布这牲口的年龄是多大。这时，全家都从楼上走下来了，于是，他又向大家发表了一通讲演，先是从理论上与实用上论述一般的马，然后，又对眼前的这一匹作了些评论，照他看来，这是一匹好马。

等大家都在车里坐定之后，他查看了一下马鞍的肚带，而后，脚踩一只马镫，纵身一跃，坐落在马背上，那畜生一感到背上有重负，便蹦跳了起来，差一点把这位骑士摔了下去。

海克托不胜惊慌，好不容易才把这畜生稳住，对他直喊：

"安静些，朋友，安静些！"

马平静下来了，骑马的人也就恢复了镇定，他发问道：

"都准备好了吗？"

大家齐声回答：

"好了！"

于是，他下令：

"出发！"

这一行人马终于上路了。

大家的目光都注视着他。他以美国人的方式策马小跑，自己在马背上故意大起大落，屁股还没有落鞍，就往上一纵，好像要蹦入空中。有时，他又似乎要匍匐在马颈上，两眼直视前方，面部肌肉紧绷，面色煞白。

他妻子膝上抱着一个孩子，女佣抱着另一个，两人都不断对孩子赞叹道：

"瞧瞧你爸！瞧瞧你爸！"

马车的颠簸、欢乐的气氛与清新的空气，使得两个小家伙兴高采烈，发出阵阵尖叫。而尖叫声又刺激得马儿愈发狂奔。当骑士奋力勒住惊马时，他的帽子掉在了地上，车夫只好下车替他去捡，海克托从车夫手上接过了帽子，远远对妻子说：

"别让孩子们这么尖叫，否则马一狂奔，我就会失控。"

一家人在维西奈树林的草地上用了午餐，吃的是用盒子装的各种食物。

尽管有那个车夫去照料三匹马，海克托仍不时起身去看看他骑的那一匹马是否需要什么，他抚摸着马的脖子，给马喂些面包、点心与糖果。

他得意扬扬地说：

"这匹马可是烈性子。刚一骑上的时候，它掀了我几下，但你们都亲眼见了,我很快就制服了它,它对自己主人的厉害有了认识,现在是老老实实了。"

按照他们事先的决定,一行人马经由香榭丽舍大街打道回府。

宽阔的林荫大道上车水马龙。路两边的行人熙熙攘攘,连绵不断,像两条长长的黑色缎带,从凯旋门一直延伸到协和广场。阳光普照,万物生辉,车身的漆面,鞍鞯的金属与车门上的把手,无不闪光发亮。

这一队人马,感受到一种对激烈活动的狂热,一种对生活乐子的追求,而在远处,协和广场上的方尖碑正矗立在金色的阳光之中。

刚过凯旋门,海克托的坐骑突然又亢奋起来,它穿过车流,朝着马厩的方向,急速奔跑,海克托使尽全身解数进行驾驭,但无济于事。

家人坐的那辆马车被远远抛在后面,快到工业宫时,那牲口眼见前方道路空阔,便向右一拐,狂奔起来。

这时,正有一个穿着围裙的老妇在过马路,她慢吞吞地迈着步子,恰巧挡住了海克托全速飞奔而来的去路。骑士无法控制自己的坐骑,只得声嘶力竭地喊了一声:

"喂,快躲开!快躲开!"

那老妇也许耳聋,她仍然慢吞吞地往前走,说时迟,那时快,猛冲过来的马匹像一个火车头,将她撞个正着,她一连翻了三个跟头,滚到十步开外,摔得衣衫凌乱不堪。

一些行人大喊:

"快拉住那匹马!"

海克托惊慌失措,拼命抓住马鬃,大声嚎叫:

"救命!"

突然,那匹马猛抖一下,像扔球似的将骑士从它的头上抛出去，正好落在一个前来拦截奔马的警察怀里。

不一会儿，他的四周就围了一群人，他们义愤填膺，比手画脚，高声怒骂。特别是一位老先生，蓄着白色的大胡子，胸前佩着圆形的大勋章，更是愤怒到了极点，一再指责道：

"混账东西，像他这样笨手笨脚，就该老老实实待在家里，既然不会骑马，就不该跑到街上来害人！"

这时，有四个人把那老妇抬过来了，她看上去好像已经死了，脸色蜡黄，帽子歪在一边，满身都是尘土。

"你们把这女人抬到附近的药店去，"那位老先生命令道，"其他人都到警察局去。"

海克托由两个警察夹着，另一警察牵着那匹闯祸的马，后面跟着一群人，这时，马车出现了，海克托太太奔了过来，女佣惊慌不知所措，两个小孩则哇哇乱叫，他向家人解释说，他撞倒了一个老妇，没有什么大不了的，事情很快就会过去。于是，他的家人就惶恐不安地走了。

在警察局里，他只对事实作了简单的说明，通报了自己是海军部的科员，名叫海克托·德·格里贝南。然后，大家就等候着受伤者的消息。派去打听消息的警察回来了，说老妇已经恢复知觉，但她说自己受了内伤，感到很难受。她是一个替人料理家务的女佣，六十五岁，名叫西蒙大妈。

海克托一听说她没有死，感到有了希望，他立即保证负担她的医疗费，而后就跑到药房去了。

药房门前挤满了一群嘈杂的人。那老妇躺在一张椅子上呻吟，两手一动也不动，面部毫无表情。两位医生仍在为她查伤，胳膊腿都没有骨折，但恐怕有内伤。

海克托问她：

"您很难受吗?"

"唉,是的!"

"哪儿难受?"

"我胃里像火烧火燎似的。"

一位医生走过来,问:

"先生,您就是肇事者吧?"

"是的,先生。"

"这位妇女必须送到疗养院去。我知道有家疗养院每天只收六法郎,您同意由我来安排吗?"

海克托欣然同意,他谢过了医生,回到家里,如释重负。

他妻子正泪流满面地等着他,他安慰妻子说:

"没有什么要紧的,那个西蒙大妈已经好了一些,再过三天,就会痊愈。我已经把她送进了一家疗养院,没有什么要紧!"

没有什么要紧!

第二天下班后,他去探看西蒙大妈的病情,见她正在喝浓香浓香的肉汤,显得很心满意足。

"喂,怎么样啦?"他问。

她答道:

"哎哟,我可怜的先生,没有半点好转,我觉得是毫无希望了,没有任何起色。"

医生说,还得观察观察,因为,说不定会有某种恶化。

于是,他又等了三天,再去看时,老妇满面红光,双目有神,但她一看见海克托,就呻吟起来:

"我动不了了,可怜的先生,我再也动不了啰,看样子,我就这么残废了,一直到死。"

海克托背上打起一阵寒战,他询问医生,医生举起双手,表示

无可奈何:

"有什么法子呢,先生,我也不知道。只要我们去抬她,她就大叫大嚷。就连挪动一下她的座椅,她也要尖声惨叫。我只得她讲什么我就信什么,先生,我不能钻进她肚子里去呀。除非我亲眼见她起来走动,否则,我无权说她在装病。"

老妇在一边听着,一声不吭,眼里露出狡诈的神情。

又过了一周,两周,一个月,西蒙大妈仍然没有离开她的靠背椅。她从早到晚,吃不停嘴,越来越发福了。她过得十分快活,与病友聊起天来,兴高采烈,似乎她已经完全习惯过这种安生的日子,以往五十年,她在别人家里跑上跑下,铺床,搬煤,打扫卫生,洗洗刷刷,过得好不辛苦,如今不正是苦尽甘来,得到了补偿吗?

海克托不知如何是好,他每天都来,每天都见她过得心安理得,她总这么平淡地对他宣称:

"我这辈子是动不了啦,我可怜的先生,我是动不了啦!"

每天晚上回到家里,妻子总要焦急地问他:

"西蒙大妈怎么样了?"

每次他都绝望而沮丧地答道:

"还是老样子,一点儿也没变!"

他家已雇不起女佣了,只得将她辞退。他们更加缩衣节食,即使如此,那笔额外的奖金全都补贴家用花光了。

海克托只好请四位主治医生到老妇面前会诊。她任凭他们检查、触诊,只睁着狡诈的眼睛盯着他们。

"得让她站起来走走。"一位医生说。

老妇立即大喊大叫起来:

"不行,我的好先生,不行!"

于是,他们抓住她的手,将她拉起来,拖她走了几步,但她用劲挣脱，往地板上一倒一瘫，发出骇人的叫喊，他们只好小心翼翼地将她抱回椅中。

四位医生出言谨慎，未下明确结论，但认定她是丧失劳动力了。

海克托回家把这消息告诉妻子，她颓然往椅子上一倒，结结巴巴说：

"那还不如把她接到我们家来，可以节省一点费用。"

他火冒三丈，连忙跳了起来：

"我们家，把她接来我们家！亏你想得出来？"

但她现在对任何后果都听天由命了，含泪答道：

"有什么法子呢，我的朋友，这又不是我的错。"

勋章到手了

有些人，与生俱来就有某种绝对控制着自己的本能，某种孜孜不倦的追求，某种难以割舍的向往，早在牙牙学语之年，省事开窍之日，便已初露端倪了。

萨克芒先生早从童年时代，脑子里就有一个愿望，那便是得到勋章。小小年纪，他就像时下的男孩老戴军帽一样，总在胸前挂着锌制的荣誉军团十字勋章，他挺起自己佩着红缎带与金属勋章的小胸膛，让他母亲牵着，神气十足地在街上走。

他的学业不佳，中学毕业会考没有通过，他无所事事，游手好闲，便娶了一个漂亮姑娘为妻，因为他家里很有钱。

他们两夫妇住在巴黎，就像富裕的有产者一样，只在自己的社交圈里走动，还没有混入上流社会，但认识一位可能当上部长的议员，还和两位司局长颇有交情，对此，他甚为得意。

但是，从孩提时代起，就在萨克芒先生脑子里扎根的那个获勋的念头，一直缠着他不放，多年来，他始终未获资格在自己的礼服上佩一根彩色缎带，为此深感失落，不胜痛苦。

在林荫大道上，每每碰见那些佩戴着勋章的人士，他就觉得心如刀扎，他斜眼瞟着他们，心里嫉妒得要死。有时，整个下午老长老长的，他闲极无聊，便逐个清点佩勋章者的人数。他心想："不妨瞧瞧，从玛德兰大教堂到特鲁伏街，我能碰见多少个获勋者。"

他慢慢悠悠地踱着步，从远处用老辣的眼光在行人礼服上搜索，看是否有佩戴勋章所露出的红缎带。当他走完了一遭，点出来的人数之多使他大吃一惊："八个四级荣誉勋章，十七个五级荣誉勋章，人数竟这么多，如此滥发勋章，真是愚蠢之至。等我往回再走一趟，看是否还有这么多。"

他又慢步往回走，来往行人熙熙攘攘，不时挡住他的视线，使得有可能漏点了一个两个，这真叫他感到遗憾。

他熟悉城里的街区，知道在哪些地方，可以更多地碰见这一类人。在王宫街一带，此类人比比皆是，多如牛毛。在歌剧院大道，不如和平街多，而大街的右行道则又比左行道为多。

这一类人似乎更喜欢光顾某些咖啡馆与某些剧院。每当萨克芒先生看见一群白发苍苍的老者停聚在人行道上，影响交通时，他就心想："瞧，他们都是获四级荣誉勋位的！"此时此刻，他真想向他的举手致敬。

他每次都注意到，这一级获勋者，比起级别较低的获勋者来，自有一番迥然不同的风采气派。他们的行头就颇不一样。可以明显看出，他们享受更高的官方礼遇，拥有更广泛的社会影响。

有时，萨克芒先生也会满腔愤怒，对所有的受勋者都甚为妒恨，像社会主义者那样咬牙切齿。

每天，见到如此多获勋者冠盖满京华，他就像一个身无分文的饿汉从大食品店门口走过，深受刺激，愤愤不平，一回到家里，就大声嚷道："到底要到什么时候，咱们才能摆脱这个肮脏的政府？"他妻子大吃一惊，问道："你今天怎么啦？"

他答道："天下乌鸦一般黑，世上到处都是不公道，我见了就生气，巴黎公社造反造得对！"

但是，吃过晚饭后，他又出门去了，他到装饰品商店去游逛参观。在那里，他仔细观赏各种式样、各种颜色的奖牌徽章。他真恨不得将它们都据为己有，然后，佩戴着出席公共仪式，在巨大的厅堂之中，人头攒动，贵宾云集，充满了欣喜赞叹的气氛，他走在队伍的前列，胸前自上而下挂满了一排排闪闪发光的勋章，胳膊夹着折叠式的高顶大礼帽，迈着庄严的步伐，犹如一颗光彩夺目的星星，引起了一片经久不息的赞美声，赢得了全场一致的敬意。

唉！空想而已，他毫无业绩可言，怎么能受勋获奖。

他心想："我从未担任过任何公职，要获荣誉勋位奖，确比登天还难，但弄个文化教育奖章戴戴，倒还可以一试！"

但是，他不知道如何着手，从哪里入门，于是便去跟自己的太太商量，太太一听就愣住了。

"文化教育勋章？你凭什么可以得到？"

他顿时大为恼火："你得把我的意思听明白，我现在正是想找点事干干，你有时真不开窍。"

她莞尔一笑，说："你说得有理，但是，我可没有办法。"

他有了一个主意："你能不能去跟罗塞兰议员谈谈，他也许可以给我想个办法。我呢，你也知道，不便跟他谈这个问题。这事太微妙，太困难，你去跟他谈，就显得自然一些。"

萨克芒太太照他的话去办了。罗塞兰议员答应去找主管部长谈谈。萨克芒又催促了一次。终于，议员先生回话说，当事人应该写一份申请，并列出自己所有的资历职称。

他的资历职称？麻烦正出在这里。他甚至连中学会考也没有通过。

于是，他临渴掘井，开始从事学术研究，写起一篇题为《论民众的受教育权》的文章来。他脑子里空空如也，根本就写不出来。

他又去找一些容易写的题目，先后又换了好几个。起初，换了这么一个题目：《论儿童的直观教育》，他认为应该在每个贫困地区，为幼龄儿童建立起免费剧院，父母可以把孩子从最幼小的时候就带去观赏，通过幻灯的形式，教给孩子们各种知识。这就像正式上课一样。视觉效果会启发孩子的大脑，图像可以更深刻地留在记忆之中，这样，科学就变成看得见的东西了。

用这种方法来教通史、地理、自然史、植物学、动物学、解剖学，等等，岂不是再简便不过吗？

他将自己这篇大作付印出版，然后，给每位议员寄去一份，给部长寄十份，给总统寄五十份，巴黎每家报社与外省每家报社，则各寄五份。

他再接再厉，又接着研究街道图书馆问题。他建议国家在所有的街道上，设立流动小车，上面满载各种书籍，就像商贩小车上装着水果。每个居民付一个苏，每月即可借阅十回书。

就此，萨克芒先生还大发高论，说："老百姓只肯为娱乐消遣才动弹动弹，既然它不愿意费劲去接受教育，那么，教育就应当送上门去，等等。"

他这些论文未引起任何反响，但他仍坚持不懈，继续递状子，提申请。他得到的答复是，他的申请已经记录在案，有关人士正在进行研究。他把握十足，相信即将功成名就。他静候佳音，但仍然没有任何动静。

于是，他决定进行一些个人活动。他求见国民教育部长。接见他的是部长办公厅的一位秘书，年纪很轻，但表情严肃，一副自以为了不起的样子，他像弹钢琴一样，不时按动一个白色的按钮，召唤等候在前厅的接待员、侍者以及下属职员前来听候吩咐。这位先生向萨克芒确认，他申请的事正在顺利进行，并建议继续进行他出色的文化学术之作。

萨克芒便再接再厉，又投入了他的研究。

罗塞兰议员似乎对他的成功格外关心，甚至给他出了很多切实可行的好主意。在此期间，议员先生先获得了勋章，不知道他是凭什么获此殊荣的。

他指点萨克芒研究一些新课题，介绍他加入各种学术团体，这些团体为了沽名钓誉，专门研究那些特别高深莫测的题目。议员先生甚至在部里也护着他、支持他。

有一天，议员先生来到这位好友家吃饭，几个月来，他来此用餐已成习惯，他握着萨克芒的手，低声对他说："我刚为您争取到一份大大的好差事。历史研究委员会委托您到全国各地的图书馆逐一进行调查研究。"

萨克芒一听，激动得晕头转向，当时连吃喝也顾不上了。一周以后，他便动身出发。

他从一个城市跑到另一个城市，查阅图书目录，在布满灰尘的藏书楼上翻来翻去，招得图书馆的人员对他恨之入骨。

然而，有一天晚上，他正在鲁昂，情不自禁，突发奇想，要回家去跟太太亲热亲热，他已经有一个星期没有见着自己的娇妻了。于是，就乘上九点钟一班的火车，预计夜里十二点就可以到家。

他身上带着钥匙，悄无声息地进入家里。他高兴得全身发抖，要突如其来给太太一个意外惊喜，以增添夫妻之乐。太太的闺门紧闭，真是叫人扫兴！于是，他隔着房门喊道："让娜，我回来了！"

他太太一定是吓了一大跳，因为他听见她从床上跳下来，像在讲梦话一样自言自语。接着，她又快步跑向洗手间，打开门，随即又关上，赤着脚在房间里来回跑动了好几趟，碰碰撞撞着家具，晃得桌上的玻璃器皿叮当作响。忙乎了一阵之后，太太终于发问："真的是你吗？亚历山大？"

他答道:"当然是我,快开门吧!"

门开了,他太太扑进他怀里,结结巴巴地说:"唉,真可怕!真没有想到!真叫人高兴!"

他进得门来,就像干例行公事那样,开始脱去自己的衣服。他不经意地从椅子上拿起他的外套,平时他总把外套挂在前厅里,这已成习惯。但是,突然之间,他惊呆了。那外套的衣扣上挂着一根红缎带。

他结结巴巴地说:"这……这……这大衣上挂着勋章!"

这时,他太太急忙向他扑过来,把外套抓在手里,说:"不……你弄错了……把大衣给我。"

但萨克芒始终抓住衣袖不松手,疯疯癫癫地重复着说:"嗯?……为什么?你给我说清楚……这是谁的外套,……这不是我的那件,这外套上有勋章!"

他太太惊慌失措,拼命想把大衣从他手里夺过来,她结结巴巴说:"你听我说,听我说……把外套给我……我不能告诉你……这是个秘密……你听我说。"

但是,他勃然大怒,脸色发青,质问妻子:"我想知道这件外衣怎么跑到这里来的?这不是我的衣服。"

于是,他太太冲着他的脸,嚷道:"是你的,你别说出来,向我发个誓……你听着……得啦!你已经获得勋章啦!"

心里猛然一阵激动,使得他不知所措,他松手放开那件大衣,一头坐倒在椅子上。

"我被……你说什么来着……我被……我被授勋了!"

"是的……这是个秘密,是个特大的秘密……"

他太太赶紧把那件光荣的大衣锁进衣柜,脸色苍白,战战兢兢走近丈夫。她又解释说:"是的,这是我刚给你做好的一件新外衣。但我发誓向你保密。授勋的事，要在一个月或一个半月以后才会正式公布，要等到你的调研任务结束，等你回来的时候才能让你知道。是罗塞兰先生帮你争取到手的……"

萨克芒差点昏过去，他嗫嚅着："罗塞兰……勋章到手了……他让我得到勋章……我……他……哦！"

他不得不喝下一杯水。

一张小白纸片躺在地上，那是从大衣口袋里掉出来的，萨克芒捡起来一看，原来是一张名片。他念道："罗塞兰……议员。"

"你看清楚了吧？"他太太说。

他高兴得哭起来了。

一个星期以后，政府公报宣布，萨克芒先生以其特殊的劳绩，而获得了荣誉勋位骑士级勋章。

图书在版编目（CIP）数据

莫泊桑短篇小说集 /（法）莫泊桑著；柳鸣九译
. -- 哈尔滨：北方文艺出版社，2019.7（2022.6 重印）
ISBN 978-7-5317-4530-3

Ⅰ.①莫… Ⅱ.①莫…②柳… Ⅲ.①短篇小说 – 小说集 – 法国 – 近代 Ⅳ.① I565.44

中国版本图书馆 CIP 数据核字（2019）第 094878 号

莫泊桑短篇小说集
Mobosang Duanpian Xiaoshuoji

作　者 /［法］莫泊桑	译　者 / 柳鸣九
责任编辑 / 路　嵩	封面设计 / MAX ↑ Stream
版式设计 / 段文婷	

出版发行 / 北方文艺出版社	邮　编 / 150008
发行电话 /（0451）86825533	经　销 / 新华书店
地　址 / 哈尔滨市南岗区宣庆小区 1 号楼	网　址 / www.bfwy.com
印　刷 / 环球东方（北京）印务有限公司	开　本 / 880mm×1230mm　1/32
字　数 / 169 千	印　张 / 7
版　次 / 2019 年 7 月第 1 版	印　次 / 2022 年 6 月第 2 次印刷
书　号 / ISBN 978-7-5317-4530-3	定　价 / 39.80 元